운룡쟁천

조돈형 新무협 판타지 소설
FANTASTIC ORIENTAL HEROES

운룡쟁천 7

조돈형 新무협 판타지 소설

초판 1쇄 찍은 날 § 2010년 5월 17일
초판 1쇄 펴낸 날 § 2010년 5월 24일

지은이 § 조돈형
펴낸이 § 서경석

편집장 § 문혜영
편집책임 § 유경화
편집 § 조수희

펴낸곳 § 도서출판 청어람
등록번호 § 제1081-1-89호
등록일자 § 1999. 5. 31
어람번호 § 제2-1929호

주소 § 경기도 부천시 원미구 심곡동 163-2 서경B/D 3F (우) 420-010
전화 § 032-656-4452 팩스 § 032-656-4453
http://www.chungeoram.com
E-mail § chungeoram@chungeoram.com

ⓒ 조돈형, 2008

ISBN 978-89-251-2179-6 04810
ISBN 978-89-251-1372-2 (세트)

※ 파본은 구입하신 서점에서 교환하여 드립니다.
※ 저자와 협의하여 인지를 붙이지 않습니다.
※ 이 책은 도서출판 청어람과 저작자의 계약에 의해 출판된 것이므로,
  무단 전재 및 유포·공유를 금합니다.

7
운룡쟁천

조돈형 新무협 판타지 소설
FANTASTIC ORIENTAL HEROES

目次

제57장	망혼곡(亡魂谷)	7
제58장	배신(背信)의 칼	37
제59장	구출(救出)	67
제60장	연혼천멸십삼류(燃魂天滅十三流)	99
제61장	혈해소림(血海少林)	131
제62장	무명신군(無名神君) 1	169
제63장	무명신군(無名神君) 2	199
제64장	전모(全貌)	235
제65장	재회(再會)	267

第五十七章

망혼곡(亡魂谷)

 중원에서도 유명한 관광지답게 동정호는 사시사철 수많은 관광객들로 북적거렸다. 특히 동남대로는 헤아릴 수 없을 정도로 많은 주루, 객점, 도박장, 기루 등이 위치하여 불야성을 이루는 곳이었다.
 숙살단주와 그의 수하로부터 도극성의 목숨을 구한 곽월과 그의 수하들이 동남대로 중앙에 위치한 천상대루(天上大樓)에 모습을 드러낸 시각은 자정이 넘어갈 때였다.
 "흐흐, 역시 난 인기가 좋아."
 풍인이 자신의 팔을 잡고 한참 동안이나 아양을 떨다가 결국 새침한 표정으로 돌아선 기녀를 뒤돌아보며 키득거렸다.

그녀가 풍기는 역한 지분 냄새에 코를 잡고 있던 이들이 동의를 하지 못하겠다는 표정을 지었지만 그는 아랑곳하지 않았다.

"그나저나 다들 잘 적응하고 있는지 모르겠습니다. 술과 꽃에 취해 정신 못 차리고 있는 것은 아닐까요?"

풍인의 물음에 곽월이 피식 웃음을 터뜨리고 말했다.

"우리가 놀러 온 줄 알아? 네 녀석이나 그러지 마라. 쓸데없이 말썽 일으키지 말고."

곽월의 핀잔에도 풍인은 얼굴에서 웃음기를 거두지 않았다.

"그럴 리가요. 때도 때이니만큼 있는 듯 없는 듯, 아니, 아예 죽은 듯이 자중하며 지내겠습니다."

말과는 달리 기대감에 한껏 들뜬 모습이었다.

다른 살수들 역시 풍인의 모습과 다르지 않았다.

"후~"

곽월이 짧게 한숨을 내쉬며 고개를 흔드는 사이 그들의 시야에 팔층 누각으로 이뤄진 천상대루의 화려한 모습이 들어왔다.

동남대로에 위치한 수십 개의 주루 중에서도 가히 독보적인 위치를 차지하고 있었다.

천상대루는 꽃을 탐하는 나비들에게 인세에선 맛보기 힘든 최상의 환락을 안긴다고 하여 인기가 드높았는데 하룻밤을 즐기기 위해 천금을 들여야 할 정도로 가격이 비쌌지만 그마저도 며칠 전에 예약을 하지 못하면 입장조차 할 수 없을 정도로 문턱이 높기로도 유명했다.

"이거 돈 쌓이는 소리가 들리는데요."

각 층마다 환히 켜진 등불, 창문 사이로 흘러나오는 음악소리와 기녀들의 교성, 사내들의 음흉한 웃음소리에 풍인이 몸을 비비 꼬며 말했다.

곽월이 고개를 흔들었다.

"그만큼 들이는 것이 많아."

뛰어난 기녀를 확보하기 위해서 황금을 물 쓰듯 썼고 접대에 필요한 술과 음식은 오직 극상품만을 사용했으며 모든 집기들은 이름난 장인의 손길이 거친 것으로 그 가격 또한 상상을 초월했다. 혹자는 이를 일컬어 '황금으로 처바른 천상대루'라며 비아냥대는 사람들도 있었지만 동남대로, 나아가 호남 최고라는 천상대루는 그 명성을 유지하기 위해 곽월의 말대로 천문학적인 비용을 투자하고 있었다.

천상대루를 코앞에 둔 곽월이 문득 걸음을 멈추며 수하들에게 시선을 돌렸다.

그가 원하는 대답이 곧바로 들려왔다.

"어디에서도 미행은 없습니다."

"주시하는 이들 또한 없습니다."

"주변에 수상한 이들의 모습은 보이지 않습니다."

언제 웃고 떠들었냐는 듯 착 가라앉은 음성들이었다.

풀어진 분위기 속에서도 자신들이 해야 할 일은 완벽하게 하고 있는 수하들의 모습에 곽월의 입가에 만족한 미소가 흘렀다.

"가자."

곽월이 멈추었던 걸음을 다시 옮기고 잠시 긴장됐던 이들의 얼굴이 다시 풀어졌다. 하지만 주변을 살피는 눈빛만큼은 여전히 날카로웠다.

"어찌 오셨습니까?"

천상대루의 정문을 지키는 위사들이 정중히 물었다.

동네 무뢰배들을 배치하는 여타 기루들과는 달리 예의 바르면서도 절도있는 그들의 모습은 명문의 제자들이라 해도 고개를 끄덕여 줄 만큼 멋들어졌다.

"주루에 오는 이유가 따로 있을까."

풍인이 싱글거리며 대꾸하자 머리를 뒤로 질끈 동여매고 왼쪽 허리에 고풍스런 검을 패용하고 있는 청년이 정중히 고개를 숙였다.

"죄송합니다만 오늘 예약은 끝난 것으로 알고 있습니다. 다음에 다시 찾아주시지요. 참고로 미리 예약을 하지 않으시면……."

"총관과 약속이 된 사람이네. 이것을 보여주게."

곽월이 청년의 말을 끊고 금색 수실이 달린 옥패 하나를 가만히 건넸다.

청년은 총관과 약속이 되었다는 말에 두말하지 않고 옥패를 받아 들었다.

"잠시 기다리시지요."

안으로 달려간 청년이 잠시 후 황급히 달려오며 정중히 허리를 꺾었다.

"결례를 범했습니다. 어서 드시지요. 제가 앞장서겠습니다."

"고맙군."

"하하하, 수고하라고."

풍인이 남은 위사의 어깨를 툭툭 치며 걸음을 옮겼다.

곽월과 수하들은 각 층으로 연결된 계단이 아닌 육층 이상, 최고의 고객들만 이용한다는 통로를 이용하여 천상대루에서 지금껏 그 어떤 손님도 받지 않은 것으로 유명한 팔층으로 안내되었다.

"저는 들어갈 수 없습니다."

청년이 팔층의 입구에서 공손히 말했다.

고개를 끄덕인 곽월이 청년이 모습을 감춘 뒤 두 마리의 용이 하늘로 승천하는 모습이 섬세하게 양각된 문을 활짝 열어 젖혔다.

눈을 뜰 수 없을 정도로 찬란한 빛이 그들을 맞이했다.

화려함의 극치.

방 안의 모든 기둥은 황금으로 도금되었고 벽에 걸린 글과 그림은 천하에 이름 높은 명사들의 명화(名畵), 명필(名筆)이었으며 발목이 푹푹 빠질 정도로 깊고 부드러운 융단은 오직 서역에서만 난다는 것이었다. 더불어 방에 놓인 집기들 또한 오색 찬연한 빛을 뿜어내는 명품들로 도배를 했으니 천하의 주인이라는 황제가 부럽지 않을 방이었다.

 곽월이나 풍인과는 달리 망혼곡, 아니, 천상대루를 처음 방문한 수하들은 상상할 수 없을 정도로 화려하게 꾸며진 방을 보며 쩍 벌어진 입을 다물지 못했다.

 하나, 곽월과 풍인은 그들의 반응을 살필 여유가 없었다.

 활짝 웃는 얼굴로 그들을 맞이하는 총관이 그들이 알고 있는 인물과 전혀 달랐기 때문이었다.

 "이제들 왔군."

 호피로 뒤덮여 있는 의자에서 천천히 몸을 일으킨 사내가 묘한 웃음을 흘리며 말했다.

 "너는 누구냐?"

 풍인이 날카로운 눈으로 쏘아보며 묻고 그제야 뭔가 이상하다고 느낀 수하들이 번개같이 무기를 꺼내 들며 사방을 경계했다.

 "호, 반응이 빠르군. 과연 초혼살루야."

 사내가 다소 과장된 몸짓을 하며 비아냥거렸다.

 "누구냐고 물었다."

"나? 운령(雲聆)이라고 한다만. 흠, 이름은 말해줘도 모를 테고… 그냥 네놈들을 잡아갈 저승사자라고 해두지."

"죽고 싶은 모양이군."

풍인의 음성에서 살기가 풀풀 풍겼다.

아직 곽월의 명이 없기에 별다른 행동을 하지는 않았으나 명이 떨어지는 즉시 목을 취할 기세였다.

"이곳에 있던 사람은 어찌 되었나?"

곽월의 물음에 사내가 되물었다.

"네가 초혼살루의 루주냐?"

곽월이 고개를 끄덕이자 사내의 입가에 걸린 웃음이 더욱 진해졌다.

"어찌 되었을 것 같으냐?"

"……."

"그렇게 심각한 표정을 짓지는 마라. 아직 별다른 일은 없었으니까. 뭐, 주제도 모르고 대항하던 몇 놈은 본보기 삼아 숨통을 끊어놓았지만 대체적으로는 괜찮아."

"네놈이……."

풍인이 발끈하려 할 때 사내가 돌연 박수를 쳤다.

곽월 등이 들어온 입구와 정반대 쪽의 문이 열리며 일단의 사람들이 모습을 보였다.

가장 먼저 모습을 보인 이는 사지를 결박당한 채 피투성이가 되어 있던 몽암이었다. 그를 필두로 왼쪽 팔이 끊긴 사무와 양다리를 잃은 염인 두 장로와 얼굴이 난자당한 은비, 옥루의 모습이 보였다.

"모, 몽암!"

풍인의 외침에 두 눈을 감고 있던 몽암이 힘겹게 눈을 떴다.

몽암의 시선이 곽월에게 꽂혔다.

"루… 주님."

"괜찮으냐?"

"버틸… 만합니다."

말과는 다르게 몽암의 몸 상태는 심각해 보였다.

"목숨을 잃은 아이들이 있다고 들었다."

"암우… 와 창혼이 당했습니다."

"그랬구나."

평생을 함께한 사제들의 죽음에도 곽월의 표정엔 변화가 없었지만 그의 전신에서 일렁이는 죽음의 기운을 감지하지 못하는 사람은 아무도 없었다. 심지어 싱글거리며 웃고 있던 운령까지 침을 꿀꺽 삼킬 정도였다.

"너희들은 누구냐?"

곽월의 물음은 조금 전 풍인의 것과 같았으나 그 무게감만큼은 전혀 달랐다.

운령이 곽월의 기세를 이기지 못하고 움찔거리자 방금 전, 몽암 등이 나온 방에서 한 중년인이 모습을 보였다.

"쯧쯧, 한심한 놈."

혀를 차며 운령을 질책한 중년인이 곽월을 향해 입을 열었다.

"초혼살루의 루주라더니 과연 대단한 기세로군."

"너희들이 누구냐고 물었다. 암흑마교냐?"

중년인은 대답 대신 몽암의 머리를 바닥에 짓이겼다.

"크윽!"

고통을 이기지 못하고 비명을 지르는 몽암의 모습에 곽월의 눈썹이 파르르 떨렸다.

"누가 칼자루를 쥐고 있는지 이제 알겠지? 질문을 해도 내가 하고 대답을 하고자 해도 내가 원할 때만 한다."

"……"

곽월이 말이 없자 비로소 만족한 미소를 지은 중년인이 몽암의 머리를 짓이기던 발을 떼며 말했다.

"망혼곡이라… 제법 절묘한 이름이야. 그 누가 있어 망혼곡을 천상대루라 생각할 수 있을까? 훗, 이곳이 혼을 잃어버릴 정도로 쾌락을 준다고 소문이 났으니 아주 틀린 것은 아니려나. 크크크."

뭐가 그리 좋은지 연신 웃음을 흘리던 중년인의 얼굴이 갑자기 돌변했다.

"네가 보다시피 초혼살루는 우리가 접수했다. 천상대루는 물론이고 인근 주루에 숨어 있는 놈들 또한 모조리 내 발 아래에 있다."

초혼살루의 핵심이라 할 수 있는 천상대루가 점령당하고 몽암을 비롯하여 두 장로가 사로잡힌 상황. 곽월은 중년인의 말이 거짓이란 생각을 하지 못했다.

"원하는 게 뭐냐?"

"질문은 내가 한다고 했을 텐데?"

중년인의 표정이 다시금 싸늘해졌다가 언제 그랬냐는 듯 활짝 펴졌다.

"내 넓은 도량으로 한 번쯤은 용서해 주지. 하지만 두 번은 없어. 애꿎은 수하들 목숨을 가지고 장난칠 생각이 아니라면 명심하는 게 좋을 게다."

곽월은 시시각각으로 변하는 중년인의 표정을 보며 마음이 무거웠다. 언제 어디로 튈지 모르는 성격을 지닌 사람만큼이나 다루기 힘든 사람은 없는 법. 게다가 상황이 절대적으로 불리한 상황이라면 더욱 그랬다.

"방금 원하는 게 뭐냐고 물었던가? 멍청하긴. 살수단체를 찾아온 손님이 원하는 게 뭐겠나? 뻔한 것 아니야?"

곽월이 말이 없자 중년인이 다시 말을 이었다.

"한 사람을 죽여줘야겠다. 청부금은 이놈들의 목숨으로 대신하지. 참고로 말하자면 네게 선택의 여지는 없다. 거절을 하면 초혼살루는 오늘부로 사라진다. 또한 딴마음을 먹어도 결과는 마찬가지. 지금처럼 은밀히 기습을 하려고 하였다간 더욱 그러하지."

중년인은 곽월이 은연중 내력을 끌어모으고 있다는 것을 간파하며 비웃었다.

곽월은 전신에서 힘이 빠져나가는 느낌을 받았다. 중년인의 말대로 선택의 여지가 없는 것이다.

"아, 대상을 말하지 않았군."

중년인의 입가에 더없이 잔인한 미소가 지어졌다.

"아마 잘 알고 있는 놈일 거야, 도극성이라고. 크크크."

순간, 곽월의 눈이 찢어질 정도로 부릅떠졌다.

*   *   *

"단 일수에 당했단 말이냐?"

"예, 그렇다고 합니다."

적홍의 대답에 호연백이 침울한 표정으로 한숨을 내쉬었다.

"흠, 우진이 그렇게 약한 아이가 아닌데."

제자까지는 아니더라도 가까이에 두고 제법 아꼈던 수하인지라 마음이 무거웠다.

"다른 아이들은?"

"마찬가지입니다. 우진을 비롯하여 추격했던 전원이 목숨을 잃었습니다."

"설마하니 이곳에 잠입을 했던… 그 옥청풍이라는, 허허, 백가암이 언제부터 도적이 노리는 목표가 되었는지, 아무튼 놈에게 당한 것은 아닐테고……."

"예."

"하면 누구의 소행인지 파악은 되었느냐?"

"그것이……."

적홍이 송구스럽다는 표정으로 머뭇거리자 호연백이 눈살을 찌푸렸다.

"전혀 짐작도 하지 못한단 말이냐?"

적홍이 뭐라 대꾸를 하지 못하자 보다 못한 혜선이 입을 열었다.

"그래도 도주한 놈이 옥청풍이라는 것은 알지 않았습니까? 우정(雨晶)이 뒤를 쫓고 있다고 하니 조금만 기다려 보지요. 당장 무림에 출도해도 한 지역의 패자가 될 정도로 강한 아이라고 알고 있습니다. 동생의 죽음으로 분노가 클 터. 조만간 좋은 소식이 있겠지요."

"그래서 더 걱정이네."

"예? 그게 무슨 말씀이신지?"

혜선이 고개를 갸웃거리며 되묻자 호연백이 짧은 숨을 내뱉으며 입을 열었다.

"우정이 우진보다 강한 것은 사실이나 적어도 삼십 초 이내에 승부를 가를 수 있을 정도는 아니네. 한데 상대는 우진을 일수에 잠재웠어. 게다가 녀석이 데리고 간 수하들까지."
"그렇… 군요."
 혜선이 무겁게 고개를 끄덕이자 호연백이 적홍을 향해 고개를 돌렸다.
"지금 즉시 비월단(飛月團)을 움직여라."
 순간, 적홍은 물론이고 혜선까지 깜짝 놀란 눈으로 호연백을 바라보았다.
 비월단.
 죽림에서 비밀리에 육성한 인간병기들.
 비록 그 인원이 삼십에 불과했지만 개개인의 무공이 절정에 이르지 않은 자가 없을 정도였으며 그 정도의 전력이면 모르긴 몰라도 무림의 문파 한둘은 하룻밤 사이에 전멸을 시킬 수 있을 것이었다.
"비월… 단입니까?"
 적홍이 떨리는 음성으로 되묻자 호연백이 착 가라앉은 눈으로 질문을 던졌다.
"본 림에서 우진과 그의 수하들을 일수에 잠재울 수 있는 실력자가 몇 명이나 된다고 생각하느냐?"
"림주님을 포함해서 적어도 열 명은 된다고 봅니다."
"하면 그 범위를 무림으로 넓혀본다고 생각해 보거라. 누가 있어 그만한 실력을 보여줄 수 있겠느냐?"
"그, 그게……."

적홍이 대답을 하지 못하고 머뭇거리자 말석에서 한참 전부터 뭔가를 생각하던 제갈현음이 대답을 대신했다.

"우진, 그 친구가 무림을 진동시킬 정도로 강한 무공을 지닌 것은 아니나 무림에서 일수에 그를 제압할 수 있을 만큼 강한 자는 많지 않습니다."

"있기는 있다는 말이겠지?"

"그렇습니다. 우선 정사마를 대표하는 불성, 도성, 일사, 일마가 있습니다."

"일사는 사도천이 무너지며 이미 목숨을 잃었고 일마 또한 비슷한 처지."

"오존과 오마 역시 그만한 실력을 지니고 있습니다."

"그리고?"

"무림의 이름난 문파의 장문인이나 오대세가의 가주 정도라면 아주 불가능하지는 않습니다. 암흑마교의 장로와 몇몇 호법들도 그 정도의 능력은 지니고 있을 것입니다. 하나, 중요한 것은 현재 그들 중 누구도 움직일 상황이 아니라는 것이지요. 옥청풍을 도와줄 이유도 없고요."

"그렇지만 무림엔 숨겨져 있는 고수들이 즐비하다고 하지 않았느냐? 혹여 우리가 모르는 고수라도 출현한 것이……."

혜선이 의혹을 가졌지만 제갈현음은 고개를 흔들었다.

"최소한 하남에 그만한 인물은 없습니다."

앉아서 천리를 본다는, 다른 누구도 아닌 제갈현음의 말이었기에 혜선은 별다른 토를 달지 않았다.
"이제 비월단을 움직이는 이유를 알겠지?"
호연백의 말에 비로소 상황의 심각함을 느낀 적홍이 굳어진 표정으로 명을 받았다.
"즉시 조치하겠습니다."
한데 그때였다.
"비월단으로는 부족할 수도 있습니다."
제갈현음의 말에 적홍이 황당한 표정을 감추지 못하고 그대로 멈춰 섰다.
"비월단으론 부족하다는 말입니까?"
"예. 만약 우진을 쓰러뜨린 인물이 제가 예상한 사람이 맞다면 부족합니다."
"설명이 필요할 것 같구나. 누구냐? 네가 짐작한 사람이 대체 누구기에 비월단으로 부족하단 말이냐?"
스스로 정성을 기울여 키웠기에 비월단의 무력을 누구보다 잘 알고 내심 자부심을 가지고 있던 호연백이 조금은 언짢은 표정으로 물었다.
"아직 확실하지는 않습니다만 소신은 그가 구한 인물이 옥청풍이라는 것에 주목을 했습니다."
"어째서?"
"지난날, 암흑마교가 대붕금시를 가지고 장난을 친 일을 기억하실 겁니다."

"우리가 그렇게 유도하지 않았느냐?"

"예. 한데 당시 광풍이 되어 무림을 휩쓸던 대붕금시 쟁탈전의 최종 승자가 다름 아닌 철각비영 옥청풍이었습니다."

"누가 가져가든 어차피 상관없지 않았느냐? 암흑마교에서 일부러 그 위치를 유포하려 했고 또한 그렇게 했으니까."

혜선의 말에 제갈현음이 고개를 끄덕였다.

"그랬지요. 하지만 바로 그곳에 누가 나타났었는지를 잊으시면 안 될 것입니다. 암흑마교가 복우산에 펼친 계략을 사실상 단신으로 무너뜨렸으며 무적팔위 중 한 명이었던 능위소의 목숨을 앗아간 자."

"서, 설마?"

제갈현음이 말하고자 하는 인물의 정체를 깨달은 적홍의 얼굴이 딱딱하게 굳었다.

"예. 옥청풍을 구하고 우진를 비롯하여 추격대를 일수에 잠재울 수 있는 사람은 오직 그뿐입니다."

"그러니까 그게 누구냐니까?"

제갈현음의 말을 단숨에 알아들은 호연백과 적홍과는 달리 도무지 이해를 하지 못한 혜선이 답답하다는 듯 언성을 높였다.

"무명신군 소무백. 바로 그자입니다."

"무, 무명신군이라면?"

혜선이 두 눈을 동그랗게 뜨고 되물었다. 비록 무림에 대해

선 문외한이나 마찬가지였던 혜선이라지만 무명신군만큼은 모르려야 모를 수가 없었다.

"당시 옥청풍과 복우산에 동행했던 노인이 바로 무명신군이었습니다."

"하면 그자가 우진을 죽였단 말이냐?"

"보다 확실한 것은 확인을 해봐야 알겠지만 십중팔구는 그러리라 생각합니다."

"십중팔구라……"

호연백이 가만히 되뇌었다.

돌다리도 두드려 보고 살피고 또 살펴 조심스레 건넌다는 제갈현음의 입에서 십중팔구라는 말이 나왔다는 것은 의심할 여지가 없이 확실하다는 말이었다.

"무명신군… 그래, 그만한 인물이라면 비월단으로서는 감당하기가 버겁지. 비응단(飛鷹團)까지 움직이는 것으로 하지."

"천하제일이라고 소문이 자자하기는 하지만… 그자가 비월단에 비응단까지 움직여야 할 정도로 강합니까?"

혜선의 물음에 호연백이 쓴웃음을 지었다.

"강하지. 누가 뭐라 해도 천하제일이니까."

"형님과 비교해선 어떻습니까?"

혜선이 조심스레 물었다.

"글쎄. 정확한 것은 직접 그를 상대해 봐야 알겠지만 솔직히 자신은 없군."

"허!"

혜선은 자신도 모르게 탄성을 내뱉고 말았다. 천하를 눈 아래로 보고 있는 호연백의 입에서 그토록 자신없어하는 말을 처음 들었기 때문이었다.

"실망한 모양이군."

"허허, 그럴 리가요."

"언젠가 그의 무공을 본 적이 있었지. 본신의 힘을 제대로 사용하지도 않고 마치 장난치는 것 같았지만 뭐라 표현하기가 힘들 정도로 가공했다네. 그때는 지금의 무공을 얻기 전이었기 때문에 더 그렇게 느꼈는지는 모르겠지만 돌이켜 봐도 그의 무공은 정말 대단했어. 그렇다고 너무 실망하지는 말게. 자신이 없다는 말이 꼭 진다는 말은 아니니까."

"예, 림주님."

"그건 그렇고… 적홍. 요즘 들어 경계에 꽤나 소홀한 것 같구나."

"예? 그게 무슨 말씀이신지……."

호박 빛이 감도는 미주(美酒)에 살짝 입을 댄 호연백이 들고 있던 술잔을 허공에 던졌다.

손에서 떠난 잔이 순식간에 창문을 뚫고 사라지고 이어 다급한 신음 소리가 터져 나왔다.

상황을 인식한 적홍이 벌겋게 달아오른 얼굴로 뛰쳐나가

고 그의 뒤로 호연백의 혀 차는 소리가 들려왔다.
"쯧쯧, 한심하기는."
"어째 조짐이 좋지 않군요."
혜선의 안색이 가히 좋지 않았다.
"뭐가 말인가?"
"벌써 두 번째입니다. 이제는 사실상 노출되었다고 보는 것이 맞지 않겠습니까?"
"그렇긴 하지. 옥청풍이라는 놈도 놓쳤으니 우리의 존재가 알려질 게야."
"그래서 걱정입니다. 지난 일로 황실의 장악은 이미 끝난 셈이라 저야 상관없지만 무림은……."
"어차피 무림도 끝난 상황이야."
"그래도 예상보다 빨리 알려진 것이 아닙니까?"
"그렇긴 하지. 그렇다고 달라지는 것은 없다네."
호연백은 걱정스런 표정의 혜선과는 달리 느긋한 표정으로 술잔을 집었다.
제갈현음이 입을 열었다.
"하지만 옥청풍을 구한 자가 무명신군이라는 가정을 했을 땐 보다 적극적으로 대처할 필요가 있다고 봅니다. 특히 암흑마교에 본 림의 정체가 알려질 경우 꽤나 곤란한 상황이 올 수도 있습니다. 가능성은 희박하지만 대정련과 암흑마교가 손을 잡을 수도 있습니다."

"견원지간(犬猿之間)이다. 가능하겠느냐?"

"보다 큰 적을 앞에 두고는 불구대천(不俱戴天)의 원수와도 손을 잡는 것이 세상입니다."

"그래서?"

"암흑마교를 접수하는 계획을 조금 앞당길 필요가 있다고 봅니다."

"계획을 앞당긴다?"

"예. 어차피 되찾아야 할 곳입니다. 쓸데없이 심력을 낭비하기 전에 깨끗하게 정리를 할 필요가 있다고 봅니다."

"흠."

호연백이 술잔을 빙글빙글 돌리며 생각에 잠기더니 곧 입을 열었다.

"암흑마교는 앞으로도 쓸 곳이 많아. 최소한의 피해로 접수를 해야 할 텐데 가능하겠느냐?"

"머리만 제거하면 되지 않겠습니까?"

호연백이 피식 웃음을 터뜨렸다.

"허허, 네가 이미 방도를 생각한 모양이구나. 온 지 며칠이나 됐다고 벌써……."

"빠르면 보름, 늦어도 스무 날이면 끝낼 수 있습니다."

제갈현음의 음성은 실로 자신만만했다.

"알았다. 그럼 추진해 보거라."

"존명."

가볍게 허리를 꺾는 제갈현음, 그의 머리는 이미 천하를 담고 있었다.

* * *

"끄응."

고통스런 신음 소리와 함께 옥청풍이 힘겹게 눈을 떴다.

처음 눈을 떴을 때 들어온 것은 희미하게 빛나는 호롱불과 그 뒤에서 홀로 자작을 하고 있는 무명신군의 모습이었다.

"여, 여기는 어디입니까?"

"대충 방 하나를 얻었다. 몸은 좀 어떠냐?"

"그런대로 견딜 만합니다만."

옥청풍이 오만상을 찌푸리며 대답을 했다.

"제가 며칠 동안이나 정신을 잃고 있었던 겁니까?"

"사나흘 되었다. 생각보다 상처가 위중하더구나. 그래도 며칠 정양을 하면 큰 후유증은 없을 게다."

무명신군의 말대로였다. 비록 큰 부상을 당한 어깨나 왼쪽 팔은 한동안 쓸 수 없을 정도로 망가져 있었지만 가만히 운기해 보니 다소 힘에 부치기는 했어도 어디 한군데 끊어지는 곳 없이 진기의 흐름이 부드러웠다.

정신을 잃기 전, 외상 못지않게 큰 내상을 당했다는 것을 기억한 옥청풍이 머리를 숙여 감사를 표했다.

"감사합니다, 어르신. 덕분에……."

"쓸데없는 소리는 됐고. 제법 정신이 들은 것 같으니 이제 말을 해보거라. 너를 쫓던 놈들은 누구냐? 아니, 그전에."

무명신군이 착 가라앉은 눈으로 옥청풍을 응시했다.

어딘지 모르게 부담스러운 눈빛에 옥청풍이 움찔했다.

"황실과는 무슨 관계냐?"

전혀 예상치 못한 질문에 옥청풍은 한참 동안이나 멍한 표정이 되었다.

"어, 어찌 아셨습니까?"

겨우 정신을 수습한 옥청풍이 떨리는 음성으로 되물었다.

"네가 직접 보여주지 않았느냐? 놈들에게 쫓길 때 사용하던 무공이 천뢰구도(天雷九刀)였던가? 내가 알기론 황실무고에 있는 무공인데 말이다. 그리고 이것."

무명신군이 놀라움을 감추지 못하고 있는 옥청풍에게 조그만 옥패 하나를 던졌다.

"일부러 보려고 한 것은 아니었지만 치료를 하다가 발견하였다. 그런데 참 재미있구나. 어찌 보면 황실, 아니, 관부와는 철저하게 배격되어야 할 공공문의 문주가 동창의 인물이라니 말이야."

옥패를 받아 드는 옥청풍의 얼굴이 살짝 일그러졌다.

무명신군은 대답을 재촉하지 않고 마시던 술을 홀짝거렸다.

잠깐의 시간이 흐르고 마음을 추스른 옥청풍이 한숨을 내쉬며 입을 열었다.

"몇 번 쓰지도 않은 무공을 보고 그것이 황실무고에서 흘러나온 것이라는 것을 알아보시다니 정말 대단하십니다."

"훗, 이 나이가 되다 보면 쓸데없이 알게 되는 것이 있느니라. 어쨌건 공공문과 황실이 엮여 있다는 것은 참으로 뜻밖이었어. 사연이 있겠지?"

"태조께서 창업을 하실 때 저희 공공문이 한 손 거든 덕에 그리되었습니다."

"태조라… 하긴, 그 양반이 어떤 생활을 했는지 생각해 보면 이해가 되는 말이야."

"예. 당시 공공문의 문주께선 태조가 뜻을 세우시기 전부터 힘이 되었다고 알고 있습니다. 이후, 공공문은……."

"황제의 숨은 힘이 되었다?"

무명신군의 말투에 다소 비아냥이 실려 있는 것을 느꼈지만 옥청풍은 내색하지 않고 고개를 끄덕였다.

"예. 황제의 눈과 귀의 역할을 한 셈이지요. 물론 황실에도 공식적인 기관이 있었지만 공공문은 그들과는 별도로 움직였습니다."

"이번에도 같은 맥락이냐?"

"예?"

"네가 무림에 나온 이유가 말이다. 황제의 명을 받고 움직인 것이냔 말이다."

"비슷하기는 합니다만 꼭 그런 것은 아니었습니다. 사실 대붕금시는 명색이 공공문의 문주로서 그 역할을 다하기 위해 노린 것이었고……."

살짝 안색을 붉히던 옥청풍이 이내 얼굴색을 바꾸며 신중한 자세로 말을 이어갔다.

"보다 정확하게는 황실을 덮고 있는 암운을 걷어내기 위해 움직인 것이었습니다."

"황실의 암운?"

착 가라앉은 옥청풍의 말에 무명신군의 태도 또한 진중해졌다.

"예. 그러니까 황실에 묘한 기류가 흐르기 시작한 것은……."

현 황실이 한 무리에 의해 완벽하게 장악된 상황으로 시작한 옥청풍의 설명은 한참 동안이나 이어져 황실 전복의 배후로 의심하던 천화대상련주가 백가암으로 움직였으며 그를 감시하던 중 그곳에서 죽림의 실체를 확인했다는 데까지 이르렀다.

다소 신중한 자세로 설명을 들었지만 그래도 별다른 표정 변화가 없던 무명신군도 죽림의 실체에 대한 설명이 끝났을 땐 얼굴이 딱딱하게 굳어 있었다.

옥청풍의 설명은 그만큼 놀라운 것이었다.

"허, 하면 현 무림의 혼란이 모두 죽림이 조장한 것이란 말이 아니더냐?"

"물론 암흑마교가 그 중심에 있기는 해도 그들도 모르는 사이에 죽림의 간계에 휘둘린 것입니다. 또한 호연백의 말이 사실이라면 암흑마교에도 그의 사람이 상당히 숨어 있다고 하니 모든 일의 배후에 죽림이 있다고 해도 과언은 아닐 것입니다."

"고월성자 호연백이라. 그래, 들어본 적이 있다."

무림에 무림칠괴라는 이들이 존재한다는 것은 그 역시 알고 있었고 비록 호연백을 만나본 적은 없으나 그들 중 몇 명과는 나름 돈독(?)한 인연도 있었다.

"실로 가증스런 놈이 아닐 수 없습니다. 어린아이들을 돕는다는 그럴듯한 핑계로 세력을 키우다니요."

옥청풍의 말에 무명신군은 복우산에서 만났던 능위소의 얼굴을 떠올렸다. 아마도 어렸을 적에 호연백에게 거둬졌을 고아 중 한 명이었으리라.

고월성자라는 이름으로 얼마나 많은 아이들을 거두었는지는 몰랐지만 능위소의 무공이 도존 갈천수를 능가했었다는 것을 기억하면 죽림의 힘이 얼마나 거대할지 짐작조차 하기 힘들었다.

"문제는 죽림이 단지 계략이나 꾸미는 놈들이 아니라 그만한 힘을 지니고 있다는 것이야. 암흑마교는 둘째 치고라도 우리도 모르는 사이에 세외를 접수하고 있었다니… 북해빙궁이나 사자철궁이 결코 만만한 곳이 아니거늘."

"정체가 드러났으니 곧 주력이 등장하지 않겠습니까?"

"아마도 그렇겠지. 그렇잖아도 혼란스러운 무림을 더욱 혼란케 하면서 최대한 이득을 보려 할 게다."

"암흑마교도 벅찬 상황인데 죽림이라니… 큰일이군요."

옥청풍이 땅이 꺼져라 한숨을 내쉬었다.

무림도 무림이지만 황실의 암운을 걷기 위해서라도 죽림은 반드시 제거를 해야 할 터. 하나, 현 상황을 돌이켜 볼 때 그다지 가능성이 보이지 않았다.

"일단 이 사실을 알릴 필요가 있다. 특히나 암흑마교의 교주에게는 더욱더."

"믿으려고 하겠습니까?"

"일단 의심은 하겠지. 조사도 할 것이고. 그것이면 되지 않겠느냐? 명색이 교주인데 그 정도 머리는 있겠지."

"대정련에는……."

"내가 직접 갈 생각이다."

"어르신께서요?"

"숭산에 처박혀 밥만 축내는 땡중에게 일러주면 제가 알아서 할 것이야."

무명신군의 말에 옥청풍은 분위기에 맞지 않는 웃음을 짓고 말았다. 숭산의 땡중이라면 모르긴 몰라도 불성을 말하는 것. 천하에서 오직 무명신군만이 불성에게 땡중이라 부를 수 있을 것이다.

"하지만 무엇보다 시급한 것은 세외를 정벌하고 있다는 놈들의 움직임이다. 공공문을 동원하든 아니면 관군을 동원하든 어떻게든 놈들의 움직임을 파악해야 할 것이야."

"알겠습니다."

"물론 그전에 놈들의 손에서 빠져나가는 것이 우선이겠지만 말이다."

"예?"

옥청풍이 영문을 몰라 하자 무명신군이 한심하다는 듯 혀를 찼다.

"너라면 그런 중요한 정보가 빠져나갔는데 가만히 지켜만 보고 있겠느냐?"

"추, 추격이 있었습니까?"

"오늘로서 벌써 세 번째다."

"놈들은 어찌 되었습니까?"

"쯧쯧, 며칠 병석에 누워 있더니만 머리까지 어찌 되었느냐? 너와 내가 이렇게 마주 앉아 대화를 나누고 있는 것을 보면 뻔하지 않느냐?"

"그, 그렇군요."

"하지만 지금부터는 쉽지 않을 것 같구나. 만만치 않은 놈들이 왔어."

술잔을 가만히 입에 대는 무명신군의 이마가 살짝 찌푸려

망혼곡(亡魂谷) 35

졌다.
 그것이 목을 타고 넘어가는 술 때문만은 아닐 터.
 지금껏 그런 무명신군의 모습은 상상조차 해본 적 없었던 옥청풍은 자신도 모르게 침을 꿀꺽 삼켰다.

第五十八章
배신(背信)의 칼

"그래서? 결국 놓쳤다는 말이냐?"
"죄송합니다."
"병신 같은 놈들!"
하후천의 노기는 하늘을 찔렀다. 어찌나 분노하고 있는지 신산은 숨도 쉬지 못할 지경이었다.
"놈들이 그런 짓을 벌일 동안 투밀단은 무엇을 했고 추격에 나선 백수마령(白手魔靈) 그놈은 대체 뭘 했단 말이냐?"
투밀단이야 그렇다 쳐도 십대장로 중 한 명이었던 천수마령 왕결(王缺)에 대해서까지 막말을 서슴지 않는 하후천의 전신에선 그야말로 폭풍과 같은 살기가 뻗어 나오고 있었다.

다소간의 피해는 입었지만 남궁세가를 무너뜨리면서 장강 이남을 석권했다는 기분 좋은 소식에 이어 곧바로 날아든 비보, 장차 암흑마교의 총타로 내정되었던 사도천의 모든 전각이 철저하게 불에 타고 그곳을 지키던 창존 묵천군과 백병마객 유월산 두 장로 모두 죽음을 당했다는 소식은 충격 그 자체였다.

"죽여주십시오."

신산이 납작 엎드려 죄를 청했다.

"그따위 말은 접어두고 당장 어찌할 것인지 말해보거라."

신산이 여전히 고개를 들지 못하자 하후천이 짜증 섞인 음성으로 말을 했다.

"그만한 망신을 당했으면 놈들에게도 의당 대가를 치르게 해야 할 것 아니냐. 설마 아무런 계획도 없지는 않겠지?"

거듭되는 채근에 신산은 그제야 간신히 고개를 쳐들고 피가 나도록 입술을 깨물며 입을 열었다.

"보고를 드렸다시피 총타를 공격한 자들은 남궁세가로 향하던 대정련의 정예들과 사도천의 잔당들이었습니다."

"흥, 잔당의 수괴 따위에게 창존이 당한단 말이냐? 사황의 후예라 들었다. 그렇다면 격이 달라."

하후천의 질책에 다시금 이를 깨문 신산이 조심스레 말을 이어갔다.

"대정련의 정예는 제각기 흩어져 도주를 했습니다. 그중이 할 정도는 목을 베었습니다만……."

"그따위 성과는 필요없고."

"사도천의 잔… 사황의 후계자는 흔적도 없이 사라졌습니다. 하지만 놈들이 움직일 수 있는 지역은 한정되어 있고 투밀단의 모든 인원을 동원하여 놈들을 쫓고 있습니다. 특히 친우를 잃으신 백수마령 어르신께서 혼신의 힘을 다해 쫓고 계시니 곧 좋은 소식이 있을 것입니다."

"창존도 어쩌지 못한 놈이다. 왕 장로 혼자의 힘으로는 감당이 안 돼. 지금 당장 조력을 할 수 있는 사람이 누가 있느냐?"

"도존께서 합류하실 수 있습니다."

"무명신군에게 당한 부상은?"

"완쾌하신 것으로 알고 있습니다."

"좋아. 그 친구라면 믿을 수 있지. 당장 움직이라고 해. 아울러 왕 장로에겐 도존이 도착하기 전엔 절대로 혼자 놈과 대적하지 말라고 전해라. 교주의 명이라 전해."

왕결의 성정을 알기에 하후천은 몇 번이고 강조를 했다.

"알겠습니다."

"사도천은 그렇다 치고 대정련에 대해선 어찌할 생각이냐? 이건 시작도 하기 전에 제대로 당한 꼴인데……."

"그 또한 생각해 둔 것이 있습니다."

"무엇이냐?"

"대정련에 의해 총타가 무너지면서 본 교의 위상은 그야말로 땅에 떨어졌습니다. 어쩌면 저들이 입버릇처럼 말하는 대의나 명분, 세간의 이목 따위는 아랑곳없이 남궁세가를 포기하고 총타를 공격한 이유가 거기에 있을지도 모릅니다."

"내 말이 그 말이다. 어차피 총타야 다시 세우면 그만이지만 문제는 지금껏 불패의 신화를 이어오던 본 교의 자부심에 커다란 흠집이 만들어졌다는 것이다."

"본 교의 위상에 흠집이 생겼다면 놈들에게도 그만한 흠집을 만들어주면 됩니다."

"흠집? 하면 우리도 대정련의 본진을 치자는 것이냐?"

"언젠가는 그래야 하겠지만 지금 당장은 불가능합니다."

"하면 어디를 생각하는 것이냐?"

하후천의 물음에 신산은 자신도 모르게 긴장한 표정으로 대답을 했다.

"소림입니다."

"소… 림?"

이름이 주는 부담감 때문인지 하후천의 얼굴도 살짝 굳었다.

"소림은 대정련, 아니, 스스로 정파라 말하는 모든 이들의 정신적 지주라 할 수 있는 곳입니다. 만약 그곳을 무너뜨릴 수 있다면 총타가 무너진 것과 비할 바가 아닙니다. 그 효과는 실로 상상할 수 없을 정도일 것입니다."

"그렇겠지. 소림이니까. 한데 가능하겠느냐?"

고개를 끄덕이던 하후천이 다소 회의적인 표정으로 물었다.

"쉽지 않은 일입니다. 하지만 몇 가지 조건만 충족된다면 충분히 가능성이 있습니다."

"조건? 그게 무엇이냐?"

"아시다시피 대정련의 련주는 소림사의 장문 공진입니다. 그가 소림이 아닌 대정련에 기거하면서 상당수의 고수들이 숭산을 떠났습니다."

"아무래도 그렇겠지. 그래도 명색이 련주인데 혼자 갈 수는 없었을 테니."

"그렇습니다. 투밀단에선 소림사 전력의 육 할 이상이 대정련으로 움직였다고 판단하고 있습니다. 첫 번째 조건은 이로써 충족되었습니다."

"흠. 두 번째는?"

"얼마나 은밀히 소림사를 치느냐 하는 것입니다. 전력이 아닌 제한된 힘으로 소림을 공격하는 이상 반드시 기밀을 유지해야 합니다."

"개방의 눈을 피할 수가 있겠느냐?"

"쉽지는 않겠지만 해봐야지요."

"내가 아는 신산이라면 충분히 그리할 수 있을 터. 그럼 두 번째 조건도 충족이 된 셈이군. 한데 또 있느냐?"

"예. 이번 계획에 있어 가장 중요하면서도 어쩌면 가장 힘든 조건일 수도 있습니다."

"말해보거라. 그 조건이라는 것이 대체 뭐냐?"

잠시 뜸을 들인 신산이 가만히 입을 열었다.

"과연 누가 불성을 상대할 수 있느냐는 것입니다. 무명신군은 논외로 한다 하더라도 세인들에게 천하제일고수로 추앙받는 사람이 바로 불성입니다. 비록 대정련으로 많은 정예들이 빠져나간 통에 소림의 힘이 크게 약화된 것은 사실이나 불성의 존재 그 하나만으로도 소림은 참으로 넘기 힘든 곳입니다."

"불성이라… 그래, 결코 쉬운 상대가 아니지."

하후천이 이해한다는 듯 고개를 끄덕였다. 그만큼 불성의 그늘은 거대하고 컸다.

"일단 암존 어르신과 그 형제분들께 부탁을 드릴 생각입니다만, 현재 그분들께선 검각을 중심으로 뭉치고 있는 강소와 안휘를 공략하시는 중이고… 무엇보다 그분들께서 천하를 오시하실 수 있는 무공을 지닌 것은 사실이나……."

"불성을 상대할 수는 없겠지."

"그렇습니다. 게다가 소림사엔 알려지지 않은 고수들도 많은 터라……."

얘기가 거듭될수록 신산의 음성은 점점 작아졌다. 그러면서 자꾸만 하후천의 눈치를 살피는 것이 그에게 뭔가를 원하기라도 하는 듯 보였다.

하후천의 입가에 묘한 미소가 지어졌다.

"불성이라… 괜찮은 상대가 되겠군."

"예?"

신산이 짐짓 놀랐다는 듯 눈을 동그랗게 뜨며 되물었다.

"내가 간다."

"하오나 교주께서 직접 움직이시는 것은……."

"불성을 상대하는 일이다. 암흑마교에서 그를 상대할 수 있는 사람은 없다고 해도 과언이 아닌 터. 한 번쯤 그런 여흥을 즐겨보는 것도 좋겠지."

"정말 괜… 찮으시겠습니까?"

"왜? 내가 그의 상대가 될 수 없다고 보느냐?"

"그럴 리가 있겠습니까? 다만 소림사는 적진 한복판이나 다름없는 곳이라 안전을 보장할 수가 없어 드리는 말씀입니다."

"내가 왜 그것을 걱정해야 하지?"

"예?"

"우리가 은밀히 놈들을 공격할 수 있도록 여건을 만드는 일이나 무사히 귀환할 수 있도록 하는 일은 내가 아닌 신산 네가 알아서 계획할 일이 아니더냐?"

"하, 하오나……."

"할 수 있겠지?"

가만히 물어오는 하후천의 말에 신산은 더할 수 없는 압박감을 느껴야 했다. 불가능하다는 대답은 애당초 할 수가 없었다.
　"최, 최선을 다하겠습니다."
　"아니. 최선이 아니다. 반드시 그리 만들어야 해. 자신없다면 애당초 포기를 해야겠지."
　말을 마친 하후천은 느긋한 자세로 신산의 대답을 기다렸다.
　진땀을 흘리며 한참 동안이나 생각에 잠겼던 신산이 마침내 결심이 섰는지 고개를 끄덕였다.
　"하겠습니다. 무슨 수를 써서라도 모든 조건을 완벽하게 갖추도록 만들겠습니다."
　신산의 대답이 흡족했던지 하후천의 입가에 처음으로 미소가 감돌았다.
　"좋아. 암흑마교의 군사라면 그 정도의 능력은 있어야겠지. 믿겠다."
　"맡겨주십시오. 교주께서 불성을 책임지신다고 해도 소림을 상대하려면 그야말로 최정예의 병력이 움직여야 할 듯합니다."
　"그것도 네게 맡기겠다. 적당히 인원을 꾸려보거라."
　"알겠습니다."
　"서둘러라. 군자의 복수는 십 년이라도 늦지 않는다고 지겹여 대나 지금 같아선 하루도 참기 힘들구나."
 하후천의 말은 착 가라앉아 있었지만 뜨겁게 타오르는 심장은 이미 소림을 향해 있었다.

                    *   *   *

 "후욱. 후욱."
 어깨를 들썩이는 도극성의 입에서 거친 숨소리가 터져 나왔다.
 몸을 흠뻑 적신 땀방울, 전신의 크고 작은 상처에서 흘러나온 피가 먼지와 뒤섞여 몰골은 형편없었지만 핏물이 뚝뚝 흘러내리는 칼을 비스듬히 세우고 있는 뒷모습은 그에게 목숨을 내맡기고 있는 이들에겐 더할 나위 없이 듬직한 모습이었다.
 남궁세가를 탈출한 지 벌써 칠 일.
 집요하게 쫓아오는 추격대를 따돌리며 마침내 장강의 한 지류인 원강(沅江)까지 도착을 했다.
 아직 모습을 보이진 않고 있었지만 조만간 묵죽신개의 연락을 받고 개방에서 준비한 선박이 도착을 한다는 소식이 왔으니 조금만 버티면 더 이상의 추격은 걱정하지 않아도 될 것이었다.
 문제는 배가 도착을 하고 남궁세가에서 살아남은 이들이

그 배에 오르기까지 무슨 수를 써서라도 적의 공격을 막아내야 한다는 것.

도극성은 자신의 등 뒤에서 불안에 떨고 있는 생존자들의 숨소리를 가만히 듣고 있었다.

남궁세가를 탈출한 인원은 어림잡아 삼백여 명이었지만 이제 남은 사람은 오십이 채 되지 않았다. 물론 적의 추격을 분산키 위해 인원을 나눈 탓도 있었지만 적의 공격이 그만큼 집요해 막심한 피해를 당한 것이었다.

특히 세가의 후예들을 지키기 위한 남궁세가의 무인들과 이제 겨우 의식을 되찾은 당초성을 보호하기 위해 당가의 무인들이 기울인 노력은 눈물겨울 정도였다.

지난밤, 도극성과 더불어 그토록 든든히 후미를 책임졌던 당고후가 자신의 목숨을 버려가며 추격을 늦춘 이후 살아남은 당가의 식솔은 당초성과 그를 업고 있는 당월하 고작 두 명뿐이었고 남궁세가에서도 검을 들 수 있는 인원은 고작 다섯이 남지 않았다. 그나마 남궁세가의 장자 남궁건이 건재하다는 것이 다행이라면 다행이었다.

"마지막입니다. 조금만 버티면 배가 도착할 것입니다."

도극성이 남궁건에게 고개를 돌리며 말했다. 남궁건은 묵묵히 고개를 끄덕였다.

"묵죽신개 어르신께선 어찌 되셨는지 걱정입니다."

도극성의 곁으로 다가온 남궁초가 사흘 전, 일단의 인원을 데리고 적을 유인하며 사라진 묵죽신개를 걱정했다.
"괜찮으시겠지요. 다른 분도 아니고 묵죽신개 어르신입니다."
도극성이 담담히 대꾸했다.
묵죽신개가 유인해 간 인물이 바로 천외독조라는 것을 생각했을 때 무사할 가능성이 희박하다는 것을 알고 있었지만 그렇게라도 자위하지 않으면 답답한 마음을 다스릴 수 없을 것 같았다.
바로 그때였다.
후미에서 웅성거림이 일더니 당초성을 돌보고 있던 당월하가 비호같이 달려왔다.
"도, 도착했습니다. 배, 배가 도착했습니다."
당월하의 손끝을 따라 움직이는 시선들.
저 멀리 황포돛을 하늘 높이 치켜세운 배가 미끄러지듯 다가오고 있었다.
"후우~"
도극성은 자신도 모르게 심호흡을 했다.
도무지 끝날 것 같지 않았던 긴 여정의 끝이 보이는 지금 검을 쥐고 있는 손이 또다시 가볍게 떨리기 시작했다.
방금 전, 약 십여 명의 시신을 남기고 도주한 적이 다시금 모습을 보였기 때문이었다.
'금방 몰려올 것이라 예상은 했지만 생각보다 많군.'

뽀얀 먼지를 피워 올리며 달려오는 적의 수는 어림잡아도 삼십 이상. 혼자라면 치고 빠지며 어찌 상대를 하겠지만 보호해야 하는 이들이 있는 지금 꽤나 버거운 숫자였다.

당초성을 남궁세가 식솔에게 부탁하고 앞쪽으로 합류한 당월하와 남궁건 등 남궁세가의 무인들을 모두 합쳐도 막을 수 있다는 보장이 없었다. 게다가 싸움이 벌어지는 동안 정면이 아니라 식솔들을 노리고 우회하는 이들이 있다면 그야말로 속수무책으로 당할 수도 있었다.

"일단 제가 놈들의 시선을 끌겠습니다."

도극성은 남궁건 등의 대답이 들리기도 전에 길고 긴 사자후를 토해내며 적을 향해 돌진했다.

잠시 후, 한 마리 대붕처럼 허공으로 치솟은 도극성이 적의 중심부를 향해 검을 휘둘렀다.

이미 도극성의 무위가 어떻다는 것을 뼈저리게 느끼고 있던 추격대들은 감히 대항할 생각을 하지 못하고 사방으로 흩어져 공격을 피하려 했다.

하나, 검끝에서 뿜어져 나온 강맹한 기운이 땅에 내리박히며 거대한 충격파를 일으키고 더불어 하늘 높이 비산한 흙먼지가 그들의 시야를 가리자 오히려 정면으로 맞부딪친 것만도 못한 결과를 만들어냈다. 흙먼지로 인해 시야가 차단된 순간, 도극성이 그 안으로 뛰어들며 미친 듯이 검을 휘둘렀기 때문이었다.

"크악!"

"으아아악!"

추격대가 온갖 비명과 고성을 내지르며 도극성의 공격을 피하기 위해, 또 반격을 하기 위해 필사적으로 달려들고 있을 때 개방에서 준비한 배가 도착을 했다.

"빨리! 빨리 움직여라!"

남궁건이 도극성을 피해 달려오는 적을 필사적으로 막아내며 소리쳤다.

남궁건의 재촉이 아니더라도 죽음의 공포가, 살고자 하는 본능이 사람들을 움직이게 만들었다. 마땅한 항구가 없어 배까지는 상당한 거리를 헤엄쳐서 가야 했지만 망설이는 사람은 없었다.

배에서도 죽을힘을 다해 헤엄쳐 오는 그들을 구하기 위해 줄사다리를 수면으로 늘어뜨리고 그것도 부족해 줄을 묶은 각목을 마구 뿌려댔다.

"크흑!"

세 명에게 합공을 당하던 남궁건이 짧은 신음을 흘리며 몸을 비틀거렸다.

"형님!"

남궁초가 기겁을 하며 그를 부를 때 자신에게 공격을 성공시킨 자의 머리를 단숨에 베어버린 남궁건이 염려하지 말라는 듯 손짓을 했다.

"걱정 마라. 내가 살아 있는 한 단 한 놈도 이곳을 지나가진 못한다. 아우도 빨리 피해."

"하지만……."

"그렇게 하십시오. 이곳은 저희들만으로도 충분합니다."

좌측으로 돌아가 남궁건을 공격하려던 자를 암기로 격살한 당월하가 확인 사살을 위해 재차 암기를 뿌리며 말했다.

자신이 남아 있어봤자 아무런 도움이 되지 않는다고 생각한 남궁초가 무겁게 고개를 끄덕이며 강물로 뛰어들었다.

그러는 사이, 사위를 휩쓸던 비명이 점점 잦아들고 하늘 높은 줄 모르고 흩날리던 황토먼지도 조금씩 가라앉았다.

그 중심에 도극성이 있었다.

또다시 부상을 당했는지 왼쪽 팔을 타고 붉은 피가 흐르고 있었지만 그가 흘린 피보다 적어도 백배는 많은 피가 주변을 흠뻑 적시고 있었다.

"정말 대단한 분입니다!"

당월하가 도극성의 모습을 보며 경외스런 탄성을 터뜨렸다.

그를 우회하여 접근한 인원이 대략 여섯 정도였으니 반 각도 되지 않는 짧은 시간에 무려 스무 명을 훌쩍 넘는 인원을 도륙한 셈이었다.

한데 싸움이 끝났음에도 등을 보이고 있는 도극성은 움직이지 않았다.

"공자님, 우리도 이제 가야 하지 않겠습니까?"
"식솔들은 무사히 빠져나갔습니까?"
도극성이 뒤도 돌아보지 않고 물었다.
"예."
아직 절반 가까운 인원이 배에 오르지 못했지만 그들 대다수가 배에서 내린 그물과 밧줄을 잡고 있으니 배에 오른 것이나 다름없었다.
"하면 여러분들도 어서 떠나십시오."
"예? 공자께선……."
당월하가 의아한 표정을 짓고 둘의 대화를 듣던 남궁건의 안색이 확 변했다.
"서, 설마 부상을 당하신 겁니까?"
남궁건은 도극성이 움직이지도 못할 정도로 치명적인 부상을 당한 것은 아닌지 걱정스러웠다.
"그렇지는 않습니다."
"하면 어째서?"
남궁건이 안도의 한숨을 내쉬며 되물었다.
"볼일이 좀 남아 있습니다."
"예? 그게 무슨……."
즐비하게 늘어선 시신들을 보며 볼일이 남았다는 말을 이해하기 힘들었던 남궁건의 반응과는 상관없이 도극성의 말이 이어졌다.

"빨리 움직이십시오. 금방 따라가겠습니다."
"하지만……."
"천추의 한을 남기고 싶으십니까? 어서요!"

도극성의 반응이 격렬해지자 남궁건 등은 이해하지 못하면서도 어쩔 수 없이 몸을 돌려야 했다.

배를 향해 절반쯤 이동했을 때 그들은 비로소 볼일이 있다는 도극성의 말을 이해할 수 있었다.

언제 나타났는지 도극성을 향해 한 노인이 다가오고 있었다.

한참을 떨어져 있음에도 느껴지는 무시무시한 기운.

남궁건과 당월하는 그 노인의 얼굴을 잊을 수가 없었다.

"처, 천외독조!"
"도와야 합니다."

당월하가 뭍으로 방향을 틀며 말했다.

도극성이 얼마나 강한 고수인지 너무도 잘 알고 있었고 또 어떤 적이라도 쓰러뜨릴 수 있으리라는 믿음을 가지고는 있었으나 지금은 오랜 싸움으로 정상의 몸이 아니었다. 게다가 상대가 다른 누구도 아닌 천외독조라면 필패였다.

남궁건이 그의 팔을 잡으며 고개를 흔들었다.

"우리가 지금 간다고 해도 도움이 될 것 같지는 않군. 오히려 도 공자의 행동에 제약을 줄 뿐."

"그렇다고 이대로 우리만 살자고 갈 수는 없지 않습니까?"

당월하가 당치도 않다는 표정으로 물었다. 그러자 남궁건이 자조의 웃음을 지으며 대꾸했다.

"우리 둘이서, 고작 우리 둘의 힘으로 바뀔 것은 없다고 보네. 저 많은 인원을 어찌 상대한단 말인가?"

천외독조의 뒤편에선 이미 수십 명의 추격대가 모습을 보이고 있었다.

"비겁한 말이겠지만 지금은 그저 도 공자가 지키고자 했던 이들을 보호하는 것이 우선이라 생각하네."

"……."

당월하는 아무런 말 없이 천외독조와 대치하고 있는 도극성과 그들을 지나쳐 강물을 향해 쇄도하는 추격대를 바라보며 입술을 질끈 깨물었다.

'죄송합니다, 도 공자.'

당월하는 스스로의 약함을 자책하며 결국 몸을 돌릴 수밖에 없었다.

당월하와 남궁건이 배에 오르고, 그들을 추격하여 강물에 뛰어든 추격대는 배에서 쏟아지는 화살에 순식간에 십여 명이 부상을 당하자 어쩔 수 없이 퇴각을 할 수밖에 없었다.

"결국 빠져나갔군."

점점 사라지는 배를 차갑게 응시하던 천외독조가 입술을 뒤틀며 말을 이었다.

"네놈은 버림받은 것이고."

"최선의 선택을 한 것뿐이다."

"흥, 최선이 아니라 최악임을 일깨워 주도록 하지. 우선 네놈에게 선물 하나를 주도록 하마."

잔인한 미소를 지은 천외독조가 뒤쪽으로 신호를 보내자 보자기 하나가 도극성의 발밑으로 떨어져 내렸다.

엉성하게 묶은 것인지, 아니면 일부러 풀어 던진 것인지 땅에 떨어진 보자기는 굳이 손을 대지 않아도 절로 풀리며 그 안의 물건을 밖으로 토해냈다.

"음."

도극성이 자신도 모르게 눈을 부릅뜨며 주먹을 꽉 쥐었다.

보자기에서 풀려 나와 한참을 구른 물체는 다름이 아니라 사흘 전, 천외독조를 유인하기 위해 헤어졌던 묵죽신개의 목이었다.

반쯤 벌어진 입, 일그러진 얼굴 근육, 눈조차 감지 못하고 붉게 충혈된 눈동자는 그가 목숨을 잃을 당시 어떤 고통을 느꼈는지를 여실히 보여주고 있었다.

"쉽게 죽이지 않았다. 죽여달라고 바짓가랑이를 붙잡고 늘어질 때까지 아주 잘근잘근 밟아주려고 했는데… 잠깐의 방심으로 혀를 깨물어 죽는 것을 막지는 못했지만 뭐, 아쉬울 것은 없었다. 내 화를 풀 상대는 네놈을 포함하여 얼마든지 있으니까 말이다."

천외독조가 눈앞의 먹이를 노리는 뱀의 혓바닥처럼 서늘

한 시선으로 도극성을 응시했다.
 묵죽신개의 얼굴에서 한참 동안이나 시선을 떼지 못하던 도극성이 발아래로 늘어뜨렸던 검을 비스듬히 올려 세우며 말했다.
 "내가 하고 싶은 말이다."

 "언제까지 지켜보고만 있을 생각이냐?"
 운령이 지겹다는 듯 천외독조와 도극성의 싸움을 바라보는 곽월을 채근했다.
 "놈의 목숨을 취할 기회는 벌써 세 번도 넘게 있었다. 설마 딴생각을 하는 것은 아니겠지?"
 곽월이 조금의 감정도 느껴지지 않는 시선으로 운령을 응시했다.
 "결심이 서지 않으면 여기까지 오지도 않았다. 아울러 그대의 목숨도 없었겠지."
 '무, 무슨 놈의 눈빛이……'
 아무런 감정이 깃들지 않은 눈이건만 이상하게도 바라보는 것만으로도 오금이 저렸다.
 "다시 한 번 말하건대 반나절 이상 나의 연락이 끊기면 초혼살루는 끝장이라는 것만 알아둬라."
 운령의 목소리는 그 자신도 의식하지 못하는 사이에 잔뜩 주눅이 들어 있었다.

"그러니까 살려두는 거야."

무심히 대꾸한 곽월이 천천히 몸을 일으켰다.

운령이 움찔하여 뒤로 물러나고 그의 반응과 연쇄하여 그의 수하들이 일제히 검을 움켜잡았다.

"함부로 검을 잡지 마라. 그렇잖아도 죽이고 싶어 미칠 정도니까."

가볍게 조소한 곽월이 강물에 천천히 몸을 담그며 물었다.

"약속은 지키겠지?"

"무, 물론이다. 네가 도극성만 제거하면 너는 물론이고 초혼살루도 무사할 수 있을 것이다."

"그 말을 잊지 말도록. 도극성은 반드시 죽인다."

곽월의 신형은 어느새 강물 속으로 사라졌다.

그가 모습을 감춘 직후, 운령은 이마에 흐르는 땀을 닦으며 옷깃을 풀어헤쳤다.

"후~"

운령은 곽월의 말 몇 마디, 흘낏 쳐다보는 눈빛 하나하나에 깃들어 있는 끔찍한 살기에 진저리를 쳤다.

"망할 놈 같으니. 천살성을 타고났다더니만 무슨 놈의 살기가… 분명 약속은 지킨다. 하지만 그것이 초혼살루를 풀어준다는 말은 아니지. 네놈들처럼 유용한 도구는 없거든."

나직이 웃음을 터뜨린 운령이 경천동지할 혈전이 벌어지고 있는 곳으로 시선을 돌렸다.

꽝! 꽝! 꽝!

 천외독조와 도극성의 싸움은 그야말로 용호상박(龍虎相搏)으로 싸움이 시작된 지도 벌써 이각이 넘었지만 승부는 좀처럼 끝날 기미가 보이지 않았다.

 "죽어랏!"

 천외독조가 교묘한 발걸음으로 팔방을 점하며 양손으로 미친 듯이 장력을 뿌려댔다.

 천외독조가 자랑하는 만독묵영장의 기세가 눈 깜짝할 사이에 모든 공간을 뒤덮었지만 도극성의 무극진천검법, 그중에서도 수비에서만큼은 으뜸이라 할 수 있는 비폭포망(飛瀑捕網)은 그의 공격을 완벽하게 무력화시키고 오히려 역공을 감행케 만들었다.

 파스스스슷.

 도극성의 검끝에 푸른빛이 일렁거렸다. 일렁이는가 싶더니 어느새 검신을 타고 여섯 개의 환을 만들어냈다.

 "검환(劍環)? 망할!"

 검으로써 절대자의 반열에 오른 자들이나 사용한다는 검환이 쇄도해 오자 천외독조의 얼굴이 확 일그러졌다.

 장력을 흩뿌리며 세 개의 검환은 이화접목의 수법으로 겨우 흘려 버렸지만 나머지는 그럴 수가 없었다.

 세 개의 검환과 정면으로 맞부딪친 신형이 마구 흔들리고 끊임없이 이어지는 압박감을 해소하기 위해 뒷걸음질치다 천외독조는 어느새 강물이 허벅지까지 차오르는 상황까지 밀려 버렸다.
 더 이상 물러설 곳이 없는 지경까지 밀린 천외독조가 전신의 모든 내력을 끌어올렸다.
 승기를 잡았다고 생각한 도극성이 끝장을 보기 위해 목줄기를 타고 올라오는 울혈을 억지로 집어삼키며 다시금 검을 휘둘렀다.
 이번엔 세 개의 검환이 천외독조를 향해 발출됐다.
 무극진천검법의 최후 초식인 운룡분염(雲龍噴炎)은 대성을 이루었을 때 모두 아홉 개의 검환을 만들 수 있었지만 오랜 싸움으로 내력이 바닥난 도극성은 혼신의 힘을 다했음에도 첫 번째 공격에서 겨우 여섯 개의 검환을 만들어내는데 그쳤고 두 번째에선 그에도 못 미치는 세 개의 검환을 겨우 뿜어낼 수 있었다. 어쩌면 이후엔 검환을 이끌어낼 수 없을지도 몰랐다.
 꽈꽈꽝!
 두 명의 절대자가 내뿜는 기세가 부딪치고 그 힘을 이기지 못한 강물이 거대한 해일을 일으키며 하늘로 솟구쳐 올랐다.
 "크윽!"
 짧은 비명과 함께 공격을 했던 도극성의 무릎이 살짝 꺾였다.

드러나 보이는 부상은 없었지만 입가를 타고 흐르는 검붉은 핏물이 그의 부상이 심각한 수준이라는 것을 보여주고 있었다. 결국 도극성은 한 사발이 넘는 핏물을 거푸 토해내고서야 몸을 제대로 가눌 수 있었다.

천외독조의 상황도 그리 좋지는 않았다.

충돌의 여파로 거의 오 장여를 날아가 물속에 처박힌 천외독조는 오른쪽 어깨가 검환의 영향에 짓뭉개져 있었고 순식간에 넝마로 변한 옷은 물에 젖은 것인지 피에 젖은 것인지 구별이 가지 않을 정도였다.

그럼에도 도극성을 향해 천천히 다가오는 그의 기세를 보면 오히려 도극성의 상태보다 나은 것 같았다.

"내 오늘 네놈을 갈아 마시지 못하면 성을 갈겠다."

만신창이가 된 도극성을 상대하면서도 죽음의 위기를 몇 번이나 넘겼는지 몰랐다. 만약 정상인 몸으로 부딪쳤다면 상상조차 하기 싫은 상황에 처했을 것이다. 생각만으로도 수치스러웠으며 자존심이 상했다.

'반드시, 반드시 죽이리라.'

성한 팔을 들어 올리며 공격을 하려는 천외독조의 눈빛은 더 이상 사람의 것이라고는 할 수 없을 정도로 지독했다.

천외독조의 공격에 대비해 검을 다시 드는 도극성.

방금 전의 공격에 모든 것을 쏟아부었기 때문인지 어딘지 모르게 힘이 빠져 보였다.

멀리서 이를 지켜보던 운령이 입맛을 다셨다.

'이거야 원. 끝났군. 이렇게 되면 굳이 곽월을 데려올 필요는 없었던 것인가?'

상황을 보건대 도극성은 더 이상 살아남을 수 있을 것 같지가 않았다. 괜히 초혼살루라는 적을 만든 것은 아닌가 걱정까지 들었다.

운령이 살짝 한숨을 내쉴 때였다.

도극성에게 접근한 천외독조가 막 공격을 하려는 찰나 그의 발밑에서 뭔가가 불쑥 튀어 올랐다.

운령은 그것이 곽월의 검이라는 것을 알고 있었지만 당하는 천외독조로서는 그야말로 기겁할 상황이었다.

위기를 느낀 천외독조가 본능적으로 몸을 틀어 검을 피하려고 하였지만 곽월의 검은 그의 사타구니 바로 아래쪽의 허벅지를 완전히 관통해 버렸다.

"크아아악!"

처절한 괴소와 함께 물러난 천외독조는 고통에 찬 비명을 내지르며 비틀거렸다.

"너?"

절체절명의 위기에서 자신을 구한 사람이 곽월임을 확인한 도극성이 반색을 하며 소리쳤다.

"괜찮냐?"

"그런대로. 한데 여기는 어떻게 온 거야?"

"남궁세가의 소식이 전 무림에 퍼졌으니까. 네가 위기에 빠졌다는 소식을 듣고 달려왔다."

"너……."

도극성은 자신을 위해 두 번이나 달려와 준 곽월에게 감동을 받았다. 그리고 그런 친구를 둔 자신이 너무도 자랑스러웠다.

"인사는 나중에 하자. 아직 끝나지 않았어."

곽월이 고통에 몸부림치는 천외독조를 가리키며 말했다.

더 이상 자신이 감당하지 못하겠는지 천외독조는 강가에 대기하고 있던 수하들을 불러들였다.

두 명의 독인을 비롯하여 수십이 넘는 적이 노도처럼 달려들고, 자신으로 인해 곽월이 위험에 빠졌다는 것을 안타깝게 여길 즈음 곽월이 도극성에게 고개를 돌리며 뜻 모를 소리를 지껄였다.

"미안하다."

"뭐? 네가 왜? 그건 내가… 컥!"

도극성의 말은 이어지지 못했다.

그대로 꺾인 허리, 쩍 벌어진 입, 부릅뜬 눈은 고통을 넘어 경악으로 물들어 있었다.

난데없는 상황에 그들을 공격하려는 적조차 우뚝 멈춰 선 채 멍하니 바라보고 있을 때 도극성이 힘겹게 고개를 들어 곽월을 응시했다.

배신(背信)의 칼

"네, 네가… 왜?"

"……."

"대, 대체 이유가……."

도극성은 더 이상 말을 잇지 못하고 그대로 무너져 내렸다.

앞으로 고꾸라지는 도극성의 신형을 가만히 받아 들은 곽월이 그의 얼굴을 가슴에 품었다.

"미안하다."

"크하하하. 성공을 했구나."

어느새 달려온 운령이 곽월의 성공에 크게 웃으며 기뻐했다.

곽월이 도극성의 신형을 강물에 가만히 뉘었다.

배신의 칼에 단전을 관통당한 채로 둥실 떠오르는 도극성.

곽월이 손을 놓자 도극성의 몸은 물길에 흔들리며 강의 하류로 천천히 떠내려가기 시작했다.

"기왕 하는 것. 마무리를 잘해야지."

도극성의 머리를 잘라 상관에게 가져가려는 운령의 검이 도극성에게 향하려는 순간, 곽월의 살기가 그의 전신을 난도질했다.

"그만!"

흠칫하여 그대로 멈춰 선 운령에게 곽월이 싸늘히 외쳤다.

"친구의 주검을 욕보이려 하지 마라. 비록 나 같은 쓰레기를 친구로 둔 덕에 죽음을 맞이하게 되었지만 네놈 따위가 넘볼 친구가 아니다."

"이……."

 마음 같아선 당장에라도 끝장을 보고 싶었지만 곽월이 뿜어내는, 자신은 물론이고 천외독조와 그의 수하들까지 주춤하게 만드는 살기에 운령은 꿀 먹은 벙어리처럼 대꾸를 하지 못했다.

 무엇보다 곽월의 검이 도극성의 단전에 깊이 박힌 것을 확인한 이상 굳이 화를 자초할 이유는 없다고 생각했다.

"네놈은 누구냐?"

 수하들의 부축을 받으며 서 있던 천외독조가 떠내려가는 도극성을 하염없이 바라보던 곽월에게 소리쳤다.

 곽월의 시선이 천외독조에게 향했다.

 서늘한 시선으로 그를 응시하던 곽월이 천외독조와 그의 수하들을 향해 천천히 걷기 시작했다.

 '친구를 핍박하던 놈들이라 이건가? 훗, 배신한 주제에… 어디 한번 마음껏 놀아보거라. 그 정도는 눈감아주지. 크크크.'

 운령은 은신을 풀고 뛰쳐나오려는 수하들에게 신호를 보내 멈추게 한 뒤 그 역시 슬그머니 모습을 감추었다.

第五十九章
구출(救出)

"적홍에게선 아직도 소식이 없느냐?"

"예. 계속 쫓고 있는 모양인데 확실하게 처리하지는 못한 듯합니다."

"적홍이 애를 먹을 상대라… 어쨌건 걱정할 필요는 없겠지. 한 번 물면 죽을 때까지 놓치지 않는 녀석이니. 그래, 보고를 할 것이 있다더니 적홍의 얘기였더냐?"

"아닙니다. 혹 도극성이라는 이름을 기억하십니까?"

제갈현음의 질문에 호연백이 잠시 고개를 갸웃거리다 되물었다.

"도극성? 무명신군의 제자 말이냐?"

"그렇습니다."

"그 아이가 어째서?"

"얼마 전 목숨을 잃었다고 합니다."

"호~ 암흑마교에서 결국 해냈군.. 그동안 그토록 망신을 당하더니 말이야."

제갈현음이 쓴웃음을 지었다.

"암흑마교가 아니라 이쪽에서 손을 썼습니다."

"우리가 말이냐? 난 그런 보고를 받은 적이 없는데. 누가 움직인 것이냐?"

"귀검(鬼劍)이 움직였습니다."

귀검이라는 이름에 호연백의 눈썹이 살짝 치켜 올라갔다.

귀검은 죽림에서 키워낸 무적팔위 중 다섯째로 호연백의 명령이 없는 한 결코 함부로 움직이지 않는 인물이기 때문이었다.

호연백의 불편한 심사를 느낀 제갈현음이 재빨리 변명을 했다.

"아우가 직접 요청한 모양입니다. 아무래도 그로 인해 입지가 조금 흔들렸던 모양입니다."

"흠, 그래? 신산이 그런 부탁을 할 정도라니 꽤나 귀찮았던 모양이구나. 하긴 그놈에게 목숨을 잃은 암흑마교의 노물들을 생각하면 그럴 만도 하지."

신산의 부탁이었다는 말에 호연백의 노기는 금방 가라앉

았다.

"그래도 용하구나. 내 귀검의 실력을 믿지 못하는 것은 아니지만 무명신군의 제자라면 결코 만만한 상대가 아니었을 텐데 말이다."

"귀검이 직접 상대한 것은 아닙니다."

"귀검이 직접 상대하지 않다니? 그건 또 무슨 말이더냐?"

"제아무리 신산의 부탁이라고는 하나 무적팔위는 쉽게 움직일 수 없지 않습니까? 그저 잘 든 칼 하나를 대신 보냈다고 하더군요."

호연백이 궁금하다는 표정으로 기다리자 제갈현음이 얼른 말을 이었다.

"놈에겐 곽월이라는 친구 놈이 하나 있습니다. 이번에 초혼살루의……."

제갈현음은 곽월을 이용해 도극성을 제거하게 된 배경에 대해 최대한 간결하면서도 자세하게 설명을 했다.

별다른 말 없이 얘기를 듣던 호연백은 도극성이 결국 곽월의 손에 목숨을 잃었다는 말을 듣고는 얼굴을 찡그렸다.

"기왕 움직이기로 했으면 차라리 직접 손을 쓸 것이지. 귀검답지 않았구나."

"죄송합니다."

"됐다. 그것도 하나의 방법이니까. 그나저나 이것도 공교로운 인연이군. 결과적으로 사부와 제자가 모두 우리와 대적하게 되다니 말이다. 비월단과 비응단의 아이들이 크게 상했다고 들었다."

"예. 절반 가까운 인원이 목숨을 잃었거나 거동하기가 힘들 정도로 치명적인 부상을 당했다고 합니다."

호연백의 안색이 어두워졌다.

"무명신군은?"

"그 행방이 여전히 오리무중입니다."

"설마 놓치지는 않겠지?"

"비응단과 비월단의 생존자들이 쫓고 있습니다. 결코 그럴 일은 없을 것입니다."

"무명신군이다."

"……."

"노부의 잘못이다. 솔직히 비월단과 비응단의 힘이면 충분하리라 생각했거늘… 상대가 다른 사람도 아니고 무명신군이라는 것을 감안했어야 했는데……."

"비월단과 비응단의 포위망을 뚫을 수 있는 인물이 있으리라고는 생각조차 하지 못했습니다."

제갈현음도 상식을 뛰어넘는 무명신군의 강함에 적이라는 것을 떠나 진심으로 탄복을 했다.

"어쨌건 잡을 수 있을 때 잡아야 한다. 만약 그를 놓친다면, 그로 인해 죽림의 존재가 세상에 알려진다면 그때 네 말대로 지금까지의 모든 계획을 수정해야 할 정도로 골치가 아파질 수가 있어."

"비월단과 비응단의 두 단주가 목숨을 걸고 쫓고 있으니……."

"아니. 그들로는 부족하다. 자칫하면 모두를 잃을 수도 있겠어. 뭔가 특단의 대책이 필요할 것 같구나."

"하오면……."

"천라지망(天羅地網)을 펼친다."

"천라지망… 입니까?"

제갈현음이 깜짝 놀라 되물었다.

"동원할 수 있는 모든 인원을 동원하여 반드시 그를 잡는다."

"비월단과 비응단을 제외하고 정예라 부를 수 있는 전력은 모두 세외로 나가 있습니다. 자칫 피해만 키울 수 있습니다. 게다가 그런 대규모의 인원을 움직이다가 정체가 드러나면……."

"관군을 동원하면 되지 않겠느냐?"

"관군이라 하시면… 아!"

북경의 권력을 완벽하게 장악한 죽림이 관군을 동원하는 것은 문제도 아니었다. 더구나 시국이 어지러운 상황이라 그 누구도 관군의 움직임에 의혹을 품지 않을 터였다.

물론 관군으로 무명신군을 잡는다는 것은 그야말로 언감생심(焉敢生心) 꿈도 꾸지 않았다. 그들은 오직 세간의 이목을 돌려놓는 역할일 뿐이고 무명신군을 잡기 위한 진짜 천라지망은 죽림의 제자들로 채워질 것이었다.

"즉시 시행하겠습니다."

"북경으로 돌아간 아우에게도 기별하여 한 치의 소홀함도 없게 하여라. 네 소식도 전하고. 걱정하고 있을 게야."

"그리하겠습니다. 아, 그리고 노호(老虎)가 뜬 것이 확인되었습니다."

"허허, 그렇더냐?"

호연백이 너털웃음을 지었다.

노호라는 표현이 재미가 있었는지 방금 전, 심각했던 표정은 어느새 사라지고 없었다.

"그래. 언제쯤이면 도착할 것 같다고 하더냐?"

"최소한 오륙 일 정도는 더 이동해야 할 것 같습니다."

"생각보다 오래 걸리는군."

"예. 아무래도 대정련의 시선을 피해 길게 우회를 하다 보니 그런 것 같습니다."

"우회라… 훗, 사제의 성정이 조금 변한 것 같군. 난 정면 돌파를 할 줄 알았는데 말이다."

제갈현음이 빙긋이 웃으며 말했다.

"암흑마교가 아무리 막강한 전력을 지니고 있다고는 하나 소림까지는 멀고 먼 길입니다. 게다가 소수의 인원을 데리고 적진 한가운데로 뛰어드는 셈이지요. 방법이 없었을 것입니다."

"대정련에선 그들의 움직임을 전혀 포착하지 못하고 있다더냐? 암흑마교의 움직임에 신경을 바짝 곤두세우고 있을 텐데 말이다."

"하고 싶어도 할 여유가 없을 겁니다."

"어째서?"

"노호가 움직이기 전, 아우가 제대로 연막을 쳤습니다."

"연막?"

"예. 닷새 전부터 암흑마교의 전력이 대거 북상을 하여 현재 무창에 집결하였습니다. 당장에라도 장강을 넘을 기세입니다. 또한 절강과 강소, 안휘를 공략하던 전력 또한 일제히 남경에 집결했습니다."

"말하자면 무력시위를 하고 있다는 말이군."

"그렇습니다. 지금 대정련에선 그들이 언제 도발을 할지, 도발을 한다면 정면 돌파인지 아니면 다른 계획을 가지고 있는 것인지를 파악하기 위해 전력을 기울이고 있다 합니다."

"골치깨나 썩히고 있겠군."

"게다가 지난 남궁세가의 일로 인해 자중지란까지 벌어지고 있는 모양입니다."

"자중지란? 대정련 내에서 말이냐?"

"대정련이라기보다는 자칭 정도문파들이라는 말이 맞겠군

요. 사실 대정련 내부에서도 이런저런 말들이 많은 모양입니다."

"뭐, 충분히 예상했던 일이지. 솔직히 노부도 놀랐다. 그들이 그런 수를 쓰다니 말이야. 정말 상상도 할 수 없는 일이었어."

"영운설이라는 아이가 주도를 했다고 합니다. 어리긴 해도 그 과감함과 결단력은 눈여겨볼 필요가 있습니다."

"흠, 자미성을 타고났다더니만 인물은 인물인 모양이야."

"그래도 아직은 어립니다. 소신이라면 무슨 수를 써서라도 남궁세가를 구했을 것입니다. 설사 모든 지원병력이 목숨을 잃는 한이 있어도 말이지요."

"허허, 그거야 너니까 할 수 있는 말이고."

제갈현음의 자신감이 마음에 들은 호연백이 너털웃음을 터뜨렸다.

* * *

속속 들려오는 급박한 상황에 좌중의 분위기는 어두웠다. 특히나 방금 전에 들려온 도극성과 묵죽신개의 죽음은 대정련의 최고 수뇌들에게도 꽤나 큰 충격을 안겨주었다.

"사숙께서 그리 허망히 가실 줄은 생각도 하지 못했습니다."

구인걸은 묵죽신개의 죽음이 영운설의 계획을 끝까지 반대하지 못하고 오히려 나중엔 지지를 보냈던 자신의 책임이라 여기는지 고개를 들지 못하고 있었다.

"방주의 심정을 이해하지 못하는 바는 아니나 너무 자책하지 말게나. 그땐 그것이 최선의 선택이었어."

화산파의 문주 이진한이 길게 한숨을 내쉬며 구인걸을 달랬다.

"무량수불! 실로 안타까운 일이 아닐 수 없습니다. 묵죽신개 선배도 그렇지만 도극성 공자만큼 무림을 위해 공을 세운 인물이 없는데 말입니다."

운각 진인의 말에 청성파의 대장로 천선자가 혀를 차며 고개를 흔들었다.

"그러게 말입니다. 그것도 하필이면 목숨을 내맡긴 친우에게 배반을 당하다니요. 쯧쯧쯧."

"친우도 친우 나름이지요. 그 간악한 놈에게 얼마나 많은 이들의 목숨이 쓰러졌습니까? 천살성에, 반골상을 타고났다는 말이 있더니 역시 천성은 어쩔 수 없는 것 같습니다. 사부를 배반하는 것도 부족해 목숨을 걸고 자신을 구해준 친구까지 배반하다니 말입니다."

점창의 전대 고수 단사정이 긴 수염을 부르르 떨며 분개해 했다.

비록 도극성을 직접 만난 적도 딱히 인연을 맺은 것도 아니었지만 나름 호감을 가지고 있었고 더구나 친우를 배신한 곽월의 행동은 신의를 중시하는 그가 평생토록 가장 증오하는 행위였기 때문이었다.

"한데 그놈은 어찌 되었다고 하던가?"

"도 공자를 암살한 후, 천외독조를 비롯하여 암흑마교와 크게 싸움을 벌인 모양입니다. 천외독조가 도 공자와의 싸움에서 큰 부상을 당해 변변한 대항을 하지 못한 듯했지만 결국 독인을 쓰러뜨리지 못한 채 상당한 부상을 당하고 물러났다고 합니다."

구인걸의 말에 단사정이 콧방귀를 뀌며 말했다.

"흥, 내 평생 독인 따위에게 고마워할 줄은 몰랐군. 아예 끝장이 났어야 하는데 말이야."

그러자 그때까지 무심한 표정을 지키고 있던 영운설이 착 가라앉은 음성으로 입을 열었다.

"너무 태평하시군요. 이제부터는 대정련이 그 독인을 상대해야 한다는 것을 잊으신 것 같습니다."

"아니, 난……"

단사정이 일순 대꾸할 말을 찾지 못하고 안색을 붉히자 이진한이 살짝 인상을 찌푸렸다.

"말이 좀 과하구나. 노선배께선 그저 도 공자의 죽음을 안타까이 여겨서 그런 말씀을 하셨거늘. 당장 사과를 드리거라."

이진한은 대정련의 수뇌부가 아니라 화산파의 장문인으로

돌아가 영운설을 엄히 꾸짖었다.

 말을 하면서도 이미 자신의 실수를 느끼고 있던 영운설이 즉시 사과를 했다.

"죄송합니다, 어르신. 소녀가 무례를 범했습니다."

"괜찮네. 군사의 말에 틀린 곳이 없지 않은가. 괘념치 말게나."

단사정이 대수롭지 않게 상황을 넘기자 이진한은 영운설의 무례함을 굳이 문제삼지 않은 그에게 가벼운 목례를 하여 감사를 표했다.

"어쨌건 군사의 말대로 독인은 우리 대정련과 부딪치게 되었습니다. 대책이 있어야 할 것입니다."

종남파의 문주 곡상천이 분위기를 일신하고자 화두를 던졌다.

"생각보다 위력이 강한 것 같지는 않았습니다."

구인걸의 말에 운각 진인이 고개를 갸웃거리며 되물었다.

"그게 무슨 말씀입니까?"

"솔직히 독인에 대한 두려움이 너무 막연하지 않았나 싶습니다. 물론 끔찍한 마물임이 분명하나 상대하지 못할 정도는 아닌 것 같습니다. 일례로 지난 남궁세가의 싸움에서 독인 중 하나는 도극성 공자의 손에 사라졌습니다. 또한 남궁세가의 가주와 남궁독 노선배 역시 승리를 거두지는 못하셨어도 독인을 막아냈습니다. 그 말은 곧 저를 제외한 여기 있는 어떤 분도 독인과 싸워 최소한 지지는 않는다는 말과 상통하는 것 아니겠습니까?"

순간, 이곳저곳에서 헛기침하는 소리가 들려왔다.

솔직히 신검무적이라 불리는 남궁세가 가주의 실력은 차기 검존으로 추앙을 받을 정도로 엄청난 것으로 대정련의 수뇌 중 그보다 확실한 우위에 설 수 있다고 말할 수 있는 사람은 오직 소림과 무당, 화산파의 장문인들뿐이었다. 그럼에도 자신들을 추켜세우는 구인걸의 말이 싫지는 않은 표정이었다.

"방주가 우리들 얼굴에 금칠을 하는군요. 하지만 인정할 것은 인정해야겠지요. 솔직히 자신은 없습니다."

곡상천이 가볍게 웃으며 고개를 흔들었지만 곡상천의 실력 또한 대단하다는 것을 알고 있던 이들은 그저 살짝 미소를 지을 뿐이었다.

"그래도 문제는 문제입니다. 특히 그들이 내뿜는 독은 당가에서조차 진저리를 칠 정도로 끔찍했다고 합니다. 분명 주의해야 합니다."

구인걸의 말에 분위기는 살짝 가라앉았다.

독의 조종이라 자부하는 당가에서조차 부담스러워하는 독이라면 그것만으로도 엄청난 무기가 될 수 있기 때문이었다.

"부딪쳐 보면 알겠지요. 그나저나 군사는 언제쯤이면 저들이 본격적으로 도발을 할 것이라 보는가?"

나이 육십이 넘었지만 어디를 봐도 사십 전후로 보일 정도로 고운 외모를 지니고 있는 아미의 불연 신니가 질문을 던졌다.

"자신있게 말씀드릴 수가 없습니다."

"아직도 파악이 되지 않고 있다는 말이냐?"

이진한의 말에 영운설이 가볍게 숨을 내뱉고 입을 열었다.

"동원할 수 있는 모든 인원, 방법으로 저들의 의도를 파악하고는 있지만 쉽지가 않습니다. 벌써 칠십 명도 넘는 인원이 목숨을 잃었습니다."

"저런."

곳곳에서 탄식이 터져 나왔다.

"저들의 희생은 실로 안타까운 일이나 그래도 놈들을 감시하는 데에 한 치의 소홀함도 없어야 할 것이다."

"명심하겠습니다."

"한데 그들은 무사히 돌아오고 있습니까?"

공진 대사가 물었다.

공진 대사가 언급한 사람들이 바로 얼마 전 암흑마교의 총타를 초토화시킨 무광 일행이라는 것을 알기에 다들 영운설의 대답을 기다렸다.

"적의 추격이 거셌지만 대다수는 무사히 빠져나왔습니다. 하지만 아직 장강을 넘지는 않았습니다."

"어감이 조금 이상하구나. 넘지 않은 것이냐? 아니면 넘지

구출(救出) 81

를 못한 것이냐?"
 이진한의 물음에 영운설이 살짝 미소를 지으며 말했다.
"넘지 않은 것입니다."
"어째서?"
"저 역시 이를 이상히 여기고 있었는데 지난밤, 소림맹룡께서 연락을 보내셨습니다. 몸을 숨기고 있다가 적의 도발이 시작되면 배후를 공략하겠다 하였습니다."
"허! 좋은 생각이기는 하지만 너무 위험하지 않겠는가?"
 곡상천이 무광의 대담함에 혀를 내두르며 물었다.
"위험하겠지요. 하나, 싸움이 시작되면 위험하지 않은 곳이 어디 있겠습니까? 아울러 이는 본 련의 행보를 조금 가볍게 해주기 위함도 있는 것 같습니다."
"그건 또 무슨 의미인가?"
"아시다시피 그들은 남궁세가를 돕기 위해 나섰다가 보다 큰 뜻을 위해 방향을 튼 분들입니다. 결국 남궁세가는 저들의 손에 무너지고 말았지만 우리는 암흑마교의 새로운 총타를 무너뜨리는 데 성공을 했지요. 하나, 아무리 결과가 좋아도 남궁세가를 포기한 행위에 대한 비난은 피할 길이 없습니다."
 영운설의 말에 다들 표정이 굳어졌다.
"이로 인해 대정련 내에서도 불만의 목소리가 있었고 또한 많은 정도문파들에 실망감을 준 것도 사실입니다."

"팽가와 악가에서 온 이들을 달래는 것이 꽤나 힘들었지."

사흘 전 대정련을 방문한 팽가와 악가의 대표에게 막말까지 들어가며 항의를 받은 사실을 떠올린 단사정이 쓴웃음을 지었다.

"하여 스스로 적진에 남아 남궁세가를 지원하지 않은 것이 그저 목숨을 보존하기 위함이나 단순히 암흑마교의 총타만을 무너뜨리는 데 목적이 있었다는 것이 아니라는 것을 모두에게 알려주려고 하는 것 같습니다."

"살신성인(殺身成仁)이라······."

운각 진인이 공진 대사에게 고개를 돌려 물었다.

"어찌 생각하십니까? 걱정은 되기는 해도 그들이라면 잘해낼 것 같습니다만."

막내 사제 운섬의 안위가 걱정되지 않는 것은 아니나 암흑마교와의 정면 충돌이 임박한 지금, 남궁세가로 인해 곤란한 상황인 대정련을 위해 그 이상의 방법이 없을 듯싶었다.

공진 대사 역시 같은 생각인 듯 몇 번의 불호를 되뇌이더니 결국 고개를 끄덕이고 말았다.

"참으로 고마운 일입니다. 남궁세가의 일은 오직 우리들의 결정. 굳이 위험을 자초하지 않아도 그들에게 누가 뭐라 할 사람도 없거늘······."

모두의 마음이 공진 대사와 다르지 않기에 좌중의 분위기가 숙연해졌다.

"위험하기는 하지만 저들이 효과적으로 적의 배후를 교란시켜 준다면 이보다 더 큰 힘이 없을 것 같습니다."

구인걸의 말에 곡상천이 맞장구를 쳤다.

"소림맹룡과 낙일검의 이름만으로도 무림을 뒤흔들 만하지요. 게다가 그들 한 명 한 명이 각 문파에서 내로라하는 제자들 아닙니까? 모르긴 몰라도 엄청난 활약을 펼쳐 줄 것입니다."

"군사는 그들을 어찌 활용할지 생각은 해보았는가?"

천선자의 물음에 영운설이 가만히 고개를 흔들었다.

"스스로를 희생하여 무림을 지키려는 영웅들입니다. 그들의 행보 또한 스스로의 판단에 맡길 생각입니다."

"음. 그도 괜찮은 생각이군. 우리도 예측하지 못하는 행동을 할 터이니 적이야 두말하면 잔소리겠지."

천선자가 전적으로 동의한다는 표정을 짓자 다른 이들 역시 암묵적으로 동의를 표했다.

이후, 몇 가지 사항에 대해 무리없이 의견을 조율하던 수뇌들은 영운설이 내놓은 마지막 안건에 대해 전에 없이 격렬한 토론을 벌였다.

영운설이 의견을 구한 사항이 다른 것도 아닌 수라검문, 사도천과의 연합이기 때문이었다.

불과 얼마 전, 암흑마교가 등장하기 전까지 목숨을 걸고 싸우던 상대와 손을 잡는다는 것은 결코 쉬운 일이 아니었다.

비록 대정련의 영향력이 지배하는 곳에 수라검문이 자리를 잡도록 은연중 배려를 하기도 했고 사도천과는 암흑마교의 총타를 공격하는데 본의 아니게 힘을 합치기도 했지만 그것은 어디까지나 비공식적인 일로써 정식으로 연합을 하는 것과는 차원이 다른 문제였다. 그렇잖아도 남궁세가의 일로 많은 정도문파들의 신망을 잃은 상황에서 자칫 잘못하면 큰 혼란을 야기할 수가 있었다.

공진 대사를 비롯하여 몇몇 수뇌들이 찬성을 하였지만 결국 연합은 무산되었다. 다만 비공식적인 협력관계는 계속 유지하기로 하였으나 그 역시 암흑마교를 상대할 때까지라는 전제조건이 수반되었다.

*　　　*　　　*

온갖 유흥시설이 밀집하여 어쩌면 동정호보다 더욱 유명하다고 할 수 있는 동남대로.

새벽이 가까워 옴에도 휘황찬란한 불빛은 꺼질 생각을 하지 않고 있었다.

언제부터인가 천상대루의 맞은편 주루에 앉아 화려함의 극치를 달리는 천상대루를 바라보는 한 청년이 있었다.

"오긴 왔는데……."

사내가 가볍게 술잔을 털어 넣자 곁에서 수발을 들던 기녀가 얼른 잔을 채웠다.
"무슨 생각을 그리하시나요?"
기녀의 물음에 청년은 가볍게 웃음 지었다.
"아니. 그냥. 별생각 없었소."
"아무것도 아닌 게 아닌 것 같은데요. 하긴, 남자라면 누구라도 가보고 싶어하는 곳이 바로 천상대루니까요."
청년의 시선을 따라 천상대루를 바라보던 기녀가 다소 힘이 빠진 음성으로 말했다.
"그 정도요?"
청년이 피식 웃으며 물었다.
"그러니까 천지 사방에서 은자를 싸 들고 찾아오겠지요. 솔직히 그곳에 일하는 기녀들의 수준을 생각하면 인정을 하지 않을 수 없어요. 같은 여자가 봐도 눈을 비빌 정도로 예쁜 여인들이 많으니까요."
"그대같이 아름다운 미모를 지닌 여인이 그렇게 의기소침할 정도라니 궁금도 하구려. 하하하! 크……."
웃음을 터뜨리던 청년이 갑자기 인상을 찌푸리며 아랫배를 부여잡았다.
"왜 그러시나요? 어디 아프신 곳이라도 있으신가요?"
미희가 깜짝 놀라 묻자 청년이 쓴웃음을 지으며 말했다.
"그렇게 아프지는 않소. 조금 땡겨서 그렇지. 친구라는 놈이 이만한 칼을 배에다가 꽂는 바람에 그리되었소."

"예?"

걱정스런 표정을 짓던 기녀가 두 눈을 동그랗게 뜨고는 까르르 웃음을 터뜨렸다.

"거짓말도 정도껏 하셔야지요. 사람이 그만한 칼에 찔리고 어찌 살아요?"

"여기 있지 않소. 못 믿겠으면 보여줄 수도 있소만."

청년이 너무도 진지하게 얘기를 하는 터라 이를 믿어야 할지 믿지 말아야 할지 감을 잡지 못한 기녀가 눈만 껌뻑이고 있을 때였다.

"잘 마셨소."

단숨에 잔을 비운 청년이 벌떡 몸을 일으켰다.

"벌써 가시게요?"

"그래야 할 것 같소. 여기서 어물쩡거리다가 이번엔 그 친구 놈이 배가 아니라 여기에 칼침을 놓을 것 같아서 말이오."

짓궂게 웃으며 손가락으로 자신의 목을 쓱 그은 청년의 눈동자가 천상대루를 향해 천천히 움직였다.

언제 실없는 농담을 던졌냐는 듯 착 가라앉은 눈빛을 빛내고 있는 청년, 도극성이었다.

맞은편 주루에서 술을 마시며 한참 동안이나 천상대루를 살피던 도극성이 은밀히 담을 넘고 단 두 번의 도약으로 천상대루의 팔층 누각 위로 올라갔다.

구출(救出) 87

"제대로 치료를 하지 못해 걱정했는데 생각보다는 괜찮네."

움직일 때마다 살짝 통증이 느껴졌지만 행동에 무리를 줄 정도는 아니었다.

"망할 놈. 아무리 상황이 급하다 해도 이리 무식하게 칼을 쑤셔 박다니."

도극성은 당시의 상황을 떠올리며 부르르 몸을 떨었다.

"부탁이다. 나를 믿고 움직이지 마라."

그 한마디에 목숨을 맡겼다.

비록 단전을 교묘히 벗어났다고는 해도 아랫배를 관통한 칼은 상당한 고통을 수반했다.

그것이 목숨을 위협받고 있는 수하들을 구하기 위한 고육지책(苦肉之策)이라는 것을 알게 되었지만 고통이 사라지는 것은 아니었다.

"그나저나 늦지 않았는지 모르겠군."

짧은 한숨과 함께 도극성이 가만히 눈을 감고는 은밀히 전각 내부의 기척을 살피기 시작했다.

곽월이 자신을 강물에 띄워 보내기 전 그와 초혼살루가 처한 상황을 설명해 주었기에 도극성의 행동은 극도로 조심스러웠다.

곽월은 자신과 버금갈 정도의 고수가 최소한 한 명에 초혼살루의 살수들을 가볍게 제압할 수 있는 다수의 고수들이 천상대루를 점령하고 있다고 했다. 그의 말이 사실이라면 정상적인 몸도 아닌 상태에서 함부로 뛰어드는 것은 미친 짓이나 다름없었다.

'하나, 둘… 모두 마흔아홉 명. 열둘은 적, 열둘은 기녀. 스물다섯은 초혼살루의 사람인 모양이군.'

도극성은 팔층 누각에 있는 인원 중 무공이 없는 것으로 확인되는 이들을 제외하고 기운이 미약하게 느껴지는 스물다섯 명을 초혼살루의 살수들이라 확신했다. 그리곤 보다 면밀히 주변을 살피기 시작했다. 행여나 기척을 감출 수 있을 정도의 고수를 파악하지 못하고 일을 도모하다간 초혼살루의 살수들은 물론이고 자신의 목숨조차 장담할 수 없기 때문이었다.

아무리 살펴봐도 더 이상의 적을 발견할 수 없었던 도극성이 스며들 듯 모습을 감춘 것은 새벽까지 이어진 술판이 거의 끝나갈 즈음이었다.

화려하게 치장된 팔층 누각.

두 명이 출입문을 지키고 있었지만 그들은 등 뒤로 유령처럼 모습을 드러낸 도극성의 존재를 눈치 채지 못하고 마혈을 제압당했다.

그들을 문 앞에 세운 도극성이 슬그머니 출입문을 열었다. 순간, 안에서 짜증 섞인 음성이 터져 나왔다.

"뭐야?"

마혈을 제압당한 이들이 목소리를 낼 리 만무한 일.

안쪽에서 누군가가 다가오며 거칠게 소리를 질렀다.

"이것들이 미쳤나? 뭐냐고 묻지 않더냐?"

하지만 출입문을 지키던 이들의 상태가 정상이 아니라는 것을 확인한 사내의 얼굴이 확 굳어질 때, 귀신같이 모습을 드러낸 도극성이 그를 향해 손을 뻗었다.

퍽!

경쾌한 격타음과 함께 사내의 몸이 그대로 날아가 술상에 처박혔다.

"웬 놈이냐!"

도극성은 대답 대신 손에 준비하고 있던 동전 스무 개를 방 안으로 뿌렸다.

도극성의 손을 떠난 동전은 그가 공격을 시작하기 전, 창문을 통해 위치 확인한 스무 개의 등불에 정확하게 적중했다.

삽시간에 암흑으로 변해 버린 방 안.

비록 밖에서 스며드는 불빛까지 완벽하게 차단을 할 수는 없었지만 그것만으로도 충분했다.

마혈을 제압당한 이들을 방패 삼아 던지며 뛰어들자 적들의 함성, 놀란 기녀들의 비명 소리에 방 안은 그야말로 난리가 아니었다.

"저, 적이다!"

"조심해! 끄악!"

경고를 하던 누군가의 입에서 비명이 터져 나왔다.

그는 자신이 어떻게 당한 것인지 의식도 못하고 그대로 가슴이 뭉개져 쓰러졌다.

번쩍.

어둠을 밝히는 섬전 하나가 지나가고 그 뒤를 따라 핏줄기가 사방으로 뿌려졌다.

그 핏물을 뒤집어쓴 기녀가 비명을 지르다가 그녀를 적으로 판단한 칼에 그대로 목숨을 잃었고 그녀의 목을 자른 사내 역시 도극성이 휘두른 칼에 숨이 끊어졌다.

혼란은 한참이나 계속되었다.

어둠에 익숙해진 적이 나름 치열하게 반격을 가했으나 곽월의 경고가 무색해질 정도로 저항은 미미했다.

도극성은 그다지 힘들이지 않고 적을 주살할 수 있었다.

그렇게 얼마의 시간이 흘렀을까?

온갖 비명과 고함 소리가 난무하던 방 안에 일순간 적막감이 찾아왔다.

잠시 칼을 멈춘 도극성이 자신이 끈 등불을 하나둘 다시 밝히기 시작했다.

등불이 다시 밝혀질 때마다 찰나지간에 무려 열한 명의 동료들을 잃은 사내, 귀검으로부터 초혼살루의 감시 역할을 위임받은 장초추(長礎抽)가 도극성을 따라 눈망울을 굴리며 두려움을 감추지 못했다.

　도극성은 장초추 일행이 무차별적으로 휘두른 칼에 목숨을 잃은 기녀들의 시신을 보고 눈살을 찌푸렸다. 어느 정도 위험하다고는 생각했지만 목숨을 잃은 기녀가 무려 여덟이나 되었다.

　자신으로 인해 애꿎은 생명이 사라졌다고 생각하니 마음이 편하지 않았다.

　"이쪽으로."

　도극성이 겨우 목숨을 부지한 채 덜덜 떨고 있는 기녀들에게 손짓했다.

　공포심에 사로잡혀 움직이지 못하던 그녀들은 도극성이 거푸 손짓을 하자 겨우 기어 도극성의 뒤쪽으로 움직였다.

　그때까지도 장초추는 아무런 행동도 하지 못했다.

　"네, 네놈은 누구냐?"

　장초추가 침을 꿀꺽 삼키며 물었다. 그에겐 엄청난 용기가 필요한 행동이었다.

　"그러는 네놈들은 누구냐? 암흑마교냐?"

　곽월에게 상대의 정체를 제대로 듣지 못한 도극성이 되물었다.

　대답은 장초추가 아니라 술판이 벌어지는 가운데 개처럼 끌려 나와 노리갯감으로 굴욕을 받고 있던 몽암의 입에서 흘러나왔다.

"놈들은 암흑마교가 아니라 죽림이라는 곳에서 온 놈들입니다."

"죽림? 그런 곳도 있었나?"

도극성이 고개를 갸웃거리다 대답을 한 사람이 자신과 안면이 있는 사람이라는 것을 확인하고는 아는 체를 했다.

"그대는……."

"몽암이라고 합니다. 기억하고 계셨습니까?"

"물론이오. 한데 풍인은 어디에 있소?"

"저쪽 방에 구금되어 있습니다."

몽암이 왼쪽 벽에 나 있는 문을 가리키며 말했다.

"다른 사람도 그곳에 있소?"

"예."

"데려오시오. 아, 그전에……."

몽암의 무공이 금제되어 있음을 인식한 도극성이 그의 몸을 가볍게 살피기 시작했다. 꽤나 지독한 수법에 당하기는 하였지만 해제하지 못할 정도는 아니었다.

도극성이 몇몇 혈을 점하는 것으로 자신의 몸을 구속하고 있던 금제를 풀어버리자 내력이 돌아오는 것을 느낀 몽암이 피가 나도록 주먹을 움켜쥐며 장초추를 노려보았다.

도극성이 가볍게 고개를 저었다.

"이곳은 내가 해결하겠소."

몽암을 달랜 도극성이 잠시 늘어뜨렸던 칼을 다시 세웠다.

구출(救出) 93

그저 살짝 세웠음에도 장초추가 느끼는 압박감이란 상상을 불허하는 것이었다.

"죽림에 대해 말할 용의가 있느냐?"

"……."

"싫은 모양이군."

"사, 살려줄 테냐?"

"그건 곤란할 것 같고. 대신 편히 죽여주마."

"……."

"거부하면 저들에게 넘길 생각이다."

도극성이 금제되어 있는 방에서 걸어나오는 초혼살루의 살수들을 가리키며 말했다.

장초추의 눈에 공포가 어렸다. 공포는 그에게 극단적인 선택을 하게 만들었다.

"으아아아!"

괴성과 함께 달려드는 장초추를 보면서도 도극성은 움직이지 않았다. 이미 그의 목을 향해 움직이는 하나의 선을 본 까닭이었다.

가느다란 실선이 사내의 목을 지나가고 힘없이 굴러떨어지는 장초추의 목을 발로 걷어찬 몽암이 도극성에게 고개를 숙였다.

"허락없이 손을 써서 죄송합니다. 하지만 저자는 죽림에서도 최말단인지라 딱히 들으실 말이 없습니다."

도극성은 고개를 끄덕이는 것으로 몽암의 행동을 이해했다.

"공자님."

도극성을 발견한 풍인이 밝은 얼굴로 달려왔다. 그사이 꽤나 험한 꼴을 당했는지 몰골이 말이 아니었다.

"괜찮아?"

"예. 이까짓 상처는 아무것도 아닙니다. 한데 어떻게 오신 겁니까? 루주님을 만나신 겁니까? 루주께서는 공자님을……."

풍인은 차마 뒷말을 잇지 못했다.

"죽이러 갔다고? 그렇잖아도 이 꼴이 되었지."

도극성이 붕대로 칭칭 감은 자신의 아랫배를 보여주며 웃었다.

"인정사정 볼 것 없이 찌르더군. 뭐, 움직이지 말라기에 가만히 있었지만 솔직히 겁이 나긴 했지."

도극성은 웃으면서 말을 했지만 듣는 사람은 결코 웃을 수가 없었다.

제아무리 친구라지만, 또 움직이지 말라고 미리 경고를 했다지만 남에게 스스럼없이 자신의 목숨을 맡길 수 있는 사람이 몇이나 있을까. 친구에 대한 절대적인 믿음 없이는 결코 할 수 없는 행동이었다.

"하면 연극을 하셨단 말씀입니까?"

"그런 셈이지. 아랫배에 기다란 칼을 꽂아놓고는 수하들을 구해달라고 하더군. 염치도 없는 놈 같으니."

비로소 모든 정황을 이해한 풍인이 자신도 모르게 털썩 무릎을 꿇었다.

"고맙습니다. 진정 고맙습니다."

"고맙습니다."

"이 은혜를 어찌 갚아야 할지……."

몽암을 비롯하여 초혼살루의 살수들이 일제히 무릎을 꿇으며 예를 올렸다.

"하하, 이러지들 맙시다. 내가 같은 일을 당했다면 녀석도 똑같이 했을 테니까. 아, 그런데 이곳에 있는 사람이 전부입니까?"

도극성의 물음에 몽암이 고개를 흔들었다.

"곳곳에 제압당한 채 갇혀 있는 수하들이 더 있습니다. 하지만 그들은 신경 쓰지 마십시오. 우리들이 풀려난 이상 아무런 문제도 없을 것입니다."

"하지만 적이……."

"이곳에 남은 놈들은 저희들의 상대가 되지 못합니다. 무슨 일이라도 생긴 것인지 저희들을 제압한 실력자들은 모조리 떠났습니다."

"그렇군요. 알겠습니다. 그러면 남은 자들은 여러분들께 맡기도록 하지요. 풍인은 최대한 빨리 녀석에게 연락을 하고,

어찌 되었는지 눈이 빠지게 기다리고 있을 거야."

"예. 당장 연락을 취하겠습니다."

도극성의 말에 풍인이 힘차게 대답했다.

"그리고 죽림에 대해서 조금 듣고 싶습니다만."

"아래로 내려가시지요. 그동안 놈들에게서 들은 것들을 토대로 말씀드리도록 하겠습니다."

피로 물든 방에 도극성을 모시고 싶지 않았던 몽암이 도극성을 칠층 별실로 안내했다.

위층에서 벌어진 소란에 손님들과 기녀들 사이에 잠시 소요가 있었지만 천상대루의 원래 주인이 초혼살루인 터, 사라졌던 총관이 복귀를 하자 천상대루는 곧 빠르게 안정을 되찾았다.

第六十章
연혼천멸십삼류(燃魂天滅十三流)

"괜찮으냐?"

등에 업은 장운의 입에선 아무런 대답도 흘러나오지 않았다.

미약하나마 숨결이 느껴지는 것으로 보아 아직 숨이 끊어진 것은 아니었지만 아무런 조치도 없이 이대로 시간만 보내면 돌이킬 수 없는 상황을 맞게 될 것이 뻔했다.

"그러니까 나서길 왜 나서난 말이야!"

수풀과 잡목으로 우거진 숲을 미친 듯이 달려가는 담사월의 얼굴은 참담하게 일그러져 있었다.

그의 상황도 그리 좋은 것은 아니었다.

솔직히 담사월은 마혼의 흔적을 쫓아 죽림의 정체를 알게 되었고 탈출을 하게 되었을 때 그다지 걱정을 하지 않았다.

스스로의 실력에 자신감이 있었던 그는 적당히 도주를 한 뒤, 자신을 기다리고 있던 장운과 수하들의 도움을 받아 오히려 역공을 펼칠 생각까지 하고 있었다.

하지만 적은 강했다.

강해도 보통 강한 것이 아니었다.

특히 적홍이라고 자신을 밝힌 중년인의 무공은 암흑마교의 호법, 장로들을 능가하는 것이었다. 게다가 그가 이끌고 온 수하들의 실력 또한 상대하기가 버거웠다.

장운마저도 그들 한 명을 상대하기가 버거웠고 다른 수하들은 순식간에 목숨을 잃고 말았다.

결국 담사월은 역공은 생각하지도 못하고 겨우 살아남은 장운과 함께 죽을힘을 다해 도주를 시작했다.

보름 가까이 쫓기면서 온갖 방법으로 적을 뿌리치려는 시도를 해보았지만 모두 무용지물이었고 운이 좋아야 고작 숨 한번 돌릴 정도의 시간만 벌 뿐이었다.

지난밤엔 담사월의 배후를 치려는 적을 막다가 장운마저 치명적인 부상을 당하고 말았다.

"조금만 참아라. 이제 곧 양주다. 그곳에서 배를 타면 남경은 금방이야."

도주를 하면서 남경에 암흑마교의 병력이 집결했다는 것

을 확인했다. 남경에 도착만 할 수 있다면 더 이상의 추격은 없다고 봐도 과언이 아니었다.

"죽림이라고 했던가? 두고 보자. 내 오늘 당한 수모는 두고두고 갚아주마."

이를 부득 갈며 속도를 더 높이는 담사월의 몰골은 실로 말이 아니었다.

제대로 치료하지 못한 탓에 고름이 흘러내리는 상처 부위도 있었고 여전히 피가 흐르는 곳도 있었다. 옆구리의 상처는 그가 발걸음을 내딛을 때마다 움찔거리며 피를 토해냈다.

담사월이 지나가고 반 각이나 흘렀을까?

수풀을 헤치며 맹렬히 달려오는 이들이 있었다.

백가암에서부터 담사월의 뒤를 쫓아온 적홍과 그의 수하들이었다.

"지독한 놈. 그만한 부상을 당하고도 이리 끈질기다니."

적홍이 피 묻은 나뭇잎을 우그러뜨리며 성난 콧김을 뿜어냈다.

"핏방울이 제대로 굳지 않았다는 것은 놈이 이곳을 지나간 지 얼마 되지 않았다는 것. 서둘러라. 여기까지 와서 놓친다면 나를 포함하여 너희 모두의 목을 내놓아야 할 것이다."

담사월이 도주한 방향을 노려보는 적홍의 눈에선 활화산 같은 불길이 이글거렸다.

양주에서 남쪽으로 십여 리 떨어진 곳.

마침내 북경에서 양주를 거쳐 항주까지 이어지는 경항운하에 도착한 담사월은 때마침 그곳을 지나고 있는 작은 배 하나를 발견하고 소리쳤다.

"이보시오, 잠깐 배를 멈추시오!"

말을 알아듣지 못한 것인지 별다른 반응이 없자 담사월은 목소리에 내공을 실어 다시 한 번 사공을 부르려다 그만두고 운하를 향해 달리던 속도를 더욱 높였다.

운하의 폭이라 봐야 사오 장 남짓에 불과했다. 비록 양주에서 회음에 이르는 구간이 경항운하 중 가장 먼저 만들어진 곳이라 그 폭이 십여 장으로 다소 넓었지만 속도만 받쳐 준다면 배까지 오르지 못할 정도는 아니었다.

"타핫!"

발끝에 힘을 모은 담사월이 달려오던 속도 그대로 힘차게 도약을 했다. 등에 업은 장운이 부담이 되었으나 천만다행으로 선박의 갑판까지 도착할 수 있었다.

하지만 워낙 다급히, 또 혼신의 힘을 다해 뛰어오른 상태인지라 착지가 제대로 이뤄지지 않았다. 바닥에 내리는 것과 동시에 중심을 잃고 그대로 굴러 배에 쌓아놓은 물건을 완전히 무너뜨린 다음에야 비로소 몸을 바로 세울 수 있었다.

배를 운행하던 뱃사람들은 물론이고 물건의 주인들이 난데없이 찾아든 불청객을 향해 소리를 지르려다 착지하는 과정에서 자신의 등에서 떨어져 나간 장운을 향해 급히 달려가는 담사월의 모습에 황급히 입을 다물고 말았다.
 온몸에 피칠갑을 한 그의 모습은 대낮에 봐도 오금이 저릴 정도로 무시무시했기 때문이었다.
 "장운, 장운, 괜찮으냐?"
 장운은 여전히 의식을 잃은 채였다.
 그의 명문혈에 장심을 대고 황급히 진기를 불어넣던 담사월이 갑자기 벌떡 일어나 소리쳤다.
 "배의 주인은 어디에 있느냐?"
 아무도 나서지 않자 담사월이 목소리에 한껏 살기를 담아 소리쳤다.
 "선주는 빨리 나와라. 아니면 다 죽는다."
 말이 끝나기가 무섭게 초로의 노인이 엉거주춤한 자세로 걸어나왔다.
 "소, 소인이 이 배의 주인입니다."
 "어디로 가는 중이냐?"
 "표양까지 갑니다."
 "표양이면……."
 인상을 찌푸리며 뭔가를 생각하던 담사월이 고개를 흔들었다.
 "방향을 튼다."
 "예?"

노인이 깜짝 놀라 반문하자 담사월이 더욱 인상을 구기며 소리쳤다.

"배는 남경으로 갈 것이다."

"하, 하오나 표양으로······."

"남경으로 갈 것이다."

"무, 무사님, 아무리······."

노인은 말을 잇지 못했다. 담사월의 눈에서 폭사된 무시무시한 살기에 말문이 막힌 탓이었다.

"누구든 불만이 있는 자 나서라."

핏물이 말라붙은 칼을 휘두르며 소리치는 상황에 불만을 토로할 수 있는 사람이 있을 리가 없었다.

"남경으로 간다. 내가 원하는 것은 거기까지다."

으스스한 눈빛으로 주변을 훑어보며 마지막으로 목적지를 못 박은 담사월이 장운의 상세를 다시 살폈다.

흔들리는 배, 아무런 안전장치도 없이 장운을 치료한다는 것은 꽤나 위험한 짓이었지만 이미 공포심에 사로잡힌 그 누구도 담사월의 곁으로 다가오지 못했다.

운행은 순조로웠다.

돛을 단 배는 순풍을 업고 비교적 빠르게 움직여 한 시진 정도면 장강의 지류와 합류를 할 수 있을 것이고 거기서 남경까지는 반나절이면 충분했다.

장운도 담사월이 필사적으로 내력을 쏟아부으며 상세를

살핀 덕에 당장 끊어진다고 해도 이상할 것이 없을 정도로 심각한 상태에서 한 고비를 넘기고 정신을 차렸다.
비로소 안도의 한숨을 내쉰 담사월이 근 보름 만에 꿀맛 같은 휴식을 취했다.
그렇게 모든 일이 잘 풀리는 것 같았다.
추격대가 그들의 앞에 나타나기 전까지는.
"망할!"
누군가가 운하를 따라 달려오고 있다는 상인의 말에 배의 후미로 고개를 돌린 담사월은 무시무시한 속도로 쫓아오는 적홍과 그 수하들을 보며 절로 욕지거리가 튀어나왔다.
"놈들입니까?"
장운이 심각하게 굳은 담사월의 얼굴을 보며 물었다.
"그래. 찰거머리도 이런 찰거머리가 없다. 지겨운 놈들."
"하면 이곳을 떠나야 하지 않겠습니까?"
"배를?"
"예. 놈들에게 공격당하면 여기 있는 모두가 위험합니다."
"음."
일리가 있는 말이었다. 추격대의 집요함과 잔인한 성정을 감안했을 때 이들이 자신과 상관이 있건 없건 간에 목숨을 잃을 것이 뻔했다.
"그럴 수야 없지."
아무것도 모르는 사람들에게 애꿎은 피해를 줄 수 없다고 여긴 담사월이 장운을 번쩍 들어 등에 업더니 갑판 위에 굴러다니는 밧줄로 칭칭 동여맸다.

"우리가 떠나면 제아무리 빌어먹을 놈들이라도 당신들에겐 손을 대지 않을 것이오. 하니 너무 불안해하지 마시구려. 그리고 미안했소."

선주 노인과 상인들에게 살짝 고개를 숙여 사죄를 한 담사월이 배를 뭍으로 최대한 붙이게 만든 뒤 훌쩍 뛰어내렸다. 그리고 뒤도 돌아보지 않고 죽을힘을 다해 달리기 시작했다.

"죽여라."

적홍은 담사월이 배에서 내린 것을 확인했으면서도 두 명의 수하로 하여금 배에 탄 모든 이들을 몰살하도록 지시했다. 그들로 인해 아까운 시간을 낭비했다는 것이 이유라면 이유였다.

담사월은 저 멀리 들려오는 비명 소리에 달리던 걸음을 멈췄다.

비명은 금방 잦아들었지만 스멀스멀 피어오르는 검은 연기는 뒤에서 어떤 일이 벌어졌는지 짐작케 했다.

"쓰레기 같은 놈들."

담사월이 화를 참지 못하고 발을 굴렀다.

땅바닥이 움푹 파이고 발에 실린 힘에 의해 주변 바닥이 출렁거렸다.

바로 그때였다.

"기운이 남아돈다 이거군."

어느새 따라잡은 적홍이 새하얀 웃음을 지으며 다가오고 있었다.

"소주."

"됐어. 발견된 이상 어차피 도망치기는 힘들었어. 그리고!"

담사월이 칼을 꽉 움켜잡았다.

"더 이상 도망치기도 싫다."

"호오~ 그러서? 하면 여기까지 기어온 것은 뭐지?"

적홍이 비아냥거리며 거리를 좁혀왔다.

"이제 끝났어."

*   *   *

산서 동남부에 위치한 고평(高平).

한 무리의 상단이 길을 재촉하고 있었다. 오랜 여정 때문인지 아니면 때마침 불어온 황토바람 때문인지 의복은 지저분했고 얼굴엔 피곤한 기색이 역력했다.

"바람이 그칠 줄을 모르는구나."

짐을 실은 수레의 두 배는 됨직하고 외부로부터 완벽하게 차단된 마차에서 다소 지친 듯한 노인의 음성이 들려왔다.

마차에 바싹 붙어 이동을 하던 중년인이 마부석에 앉아 있는 이에게 최대한 조심스레 이동을 하라는 신호를 보내며 공손히 대꾸했다.

"평소보다 조금 거세다고는 하나 움직임에 지장을 줄 정도는 아닙니다."

"그래도… 적당히 휴식을 취할 장소를 물색하여라. 기후와 풍토 또한 우리가 있던 곳과는 전혀 다른 터. 무리할 필요가 없다."

"존명."

적당한 자리를 물색하여 잠시 휴식을 취하던 상단은 때마침 날이 어두워지자 아예 노숙을 하기로 결정을 했다.

마차 안에 있던 노인, 암흑마교의 교주 하후천이 급히 마련된 막사 안으로 들자 몇몇 노인을 비롯하여 마차 곁에서 그를 수행하던 흑혈대주(黑血隊主) 첨부문(尖負汶)이 뒤를 따랐다.

"앞으로 며칠이나 남았느냐?"

하후천이 자리에 앉아 한 모금의 물을 마신 뒤 질문을 던지자 첨부문이 얼른 대답했다.

"현재의 위치에서 숭산까지는 삼백 리가 조금 넘습니다."

"삼백 리라……."

"지금의 속도라면 최소한 나흘은 가야 합니다."

"뭐라? 나흘? 나흘이나 더 가야 한단 말이냐?"

이번 소림 정벌에 따라나선 스무 명의 호법 중 가장 어른이라 할 수 있는 황극(黃克)이 진저리를 치며 되물었다.

"상단의 모습을 하고 있는 한 어쩔 수가 없습니다."

첨부문의 대답에 황극이 하후천에게 고개를 돌렸다.

"교주, 이제는 이까짓 위장은 하지 않아도 되지 않겠습니까?"

"그렇습니다. 숭산을 치기 위해 밤낮을 가리지 않고 움직인 지 벌써 보름이 넘었습니다. 기다리다 못해 답답해 죽을 지경입니다."

유난히 몸이 비대해 연신 땀을 닦고 있던 저우량(猪優良)이 물을 벌컥벌컥 들이켜며 맞장구를 쳤다.

"너는 어찌 생각하느냐."

하후천의 물음에 호법들의 부담스런 기대를 한 몸에 받은 첨부문이 천천히 입을 열었다.

"첨병을 보내 주변을 확인한 바, 소림에선 그 어떤 움직임도 없습니다. 또한 장강에서의 대치로 인해 대정련의 모든 이목이 그쪽으로 쏠려 있는 상황입니다."

"개방은? 숭산과 개방이 있는 개봉은 지척이다. 그만큼 많은 눈들이 있을 텐데."

"현재 개방의 모든 인원 역시 총동원령이 내려진 상황입니다. 물론 조심을 해야겠지만 크게 걱정하실 필요는 없을 것 같습니다."

"흠, 그동안의 노력이 빛을 본 셈인가?"

하후천이 가만히 눈을 감으며 꽤나 고단했던 지난 행로를 떠올렸다.
 소림사의 정벌 계획과 함께 하후천의 친정이 선언되자 신산은 즉시 원정대를 꾸리기 시작했다.
 많은 인원이 움직일 수는 없었다. 소림사가 있는 하남은 적의 본거지나 다름없는 곳. 소수의 인원으로 은밀히 타격하고 빠져야 성공 가능성이 있었다.
 신산은 정벌대의 주력으로 교주의 호위인 흑혈대를 생각했다. 인원은 백 명뿐이었지만 그 전력은 암흑마교의 그 어떤 전투 단체보다 강력했다.
 그래도 상대는 소림사였다.
 무림에 알려진 고수들보다 알려지지 않은 고수들이 모래알처럼 많다고 소문난 곳.
 신산은 그들을 상대하기 위해 무려 이십 명이나 되는 호법들을 정벌대에 포함시키고 그들을 은밀히 이동시키기 위해 장강을 사이에 두고 대정련과의 긴장을 한껏 증폭시켰다.
 무창과 남경에 모인 수하들이 대정련의 이목을 빼앗고 있을 때 극비리에 항주로 이동한 정벌대는 삼삼오오 짝을 지어 흩어진 후, 북경과 항주를 잇는 장장 사천 리 길의 경항운하에 몸을 실었다.
 이후, 덕주(德州)에서 제각기 시간 차이를 두고 하선한 그들은 상단으로 위장을 한 후, 목표인 숭산을 크게 우회하여 아예 하북과 산서의 경계라 할 수 있는 태행산(太行山)을 넘었다.

 운하를 통해 이동할 때에는 다소 지루함만이 있었으나 그 이후의 길은 고난의 연속이었다. 특히 태행산을 넘은 뒤 남부에선 접해보지 못한 황토바람은 끔찍할 정도로 그들을 괴롭혔다. 심지어 특별하게 제작되어 견고하기가 이를 데 없는 하후천의 전용 마차에도 황토먼지가 수북하게 쌓여 지저분하기 이를 데 없었다.

 생각만으로도 목이 까끌한지 다시금 한 모금의 물을 들이켠 하후천이 마침내 칼을 빼 들었다.

 "지금 이 시간부로 모든 위장을 걷는다. 지니고 있는 모든 물건과 짐을 옮기던 수레는 불태우고 노새와 필요없는 말 역시 모조리 도살하여 흔적을 지워라. 출발은 잠시 후, 해시에 한다. 준비에 소홀함이 없어야 할 것이다."

 "존명."

 첨부문이 명을 받고 물러나자 하후천은 다소 들뜬 표정을 짓고 있는 호법들을 바라보았다.

 "자네들도 문제는 없겠지?"

 하후천의 물음에 황극이 활짝 핀 얼굴로 고개를 끄덕였다.

 "해시까지 기다릴 것도 없이 지금 당장 달려가서 끝장을 냈으면 좋겠습니다."

 지금껏 수많은 적으로부터 도전을 받았지만 단 한 번도 깨지지 않은 소림사의 무적전설.

그 전설에 도전하고 있는 이들의 표정엔 긴장이나 두려움보다는 무인 특유의 호승심이 활활 불타오르고 있었다.

　　　　　＊　　　＊　　　＊

"컥!"
짧은 비명과 함께 목덜미에 뜨거운 액체가 쏟아지는 느낌이 들었다.
'장운.'
가슴 한 켠이 섬뜩해졌다.
"장… 운."
담사월이 등에 업힌 장운을 불러보았다.
"장… 운."
그의 어깨 위로 묵직한 무언가가 가만히 내려앉았다.
담사월의 움직임이 그대로 멈췄다.
"당… 한 거냐?"
이미 쓸데없는 말이라는 것을 알면서도 다시 물어보는 담사월.
여전히 대답은 없었다.
"운이 좋았군. 놈이 아니었으면 이미 땅바닥을 기어다니고 있었을 텐데 말이다."
담사월을 공격하다가 결국 장운에게 최후의 일격을 가한

셈이 된 적홍이 얼굴 가득 비웃음을 흘리며 말했다.

담사월은 묵묵히 얘기를 들으며 자신의 어깨에 머리를 파묻고 있는 장운의 얼굴을 가만히 쓰다듬었다.

어릴 적부터 지금까지 단 한시도 떨어져 지내본 적이 없었다.

수하라기보다는 마치 형제와도 같은 장운.

사부에겐 보이지 못하는 속내까지도 털어놓을 수 있는, 언제 어떤 상황에서라도 등을 내어줄 수 있는 그런 수하가 바로 장운이었다.

담사월이 그와 장운을 한데 묶고 있던 끈을 끊으며 빙글 몸을 돌려 힘없이 무너져 내리는 장운의 몸을 받아 들었다.

핏물로 얼룩진 장운의 얼굴은 의외로 평온해 보였다.

아마도 자신의 목숨으로 담사월의 생명을 지켜냈다는 것에 대한 자부심과 더 이상 그의 짐이 되지 않아도 된다는 안도감 때문이리라.

담사월이 떨리는 손으로 장운의 얼굴에 묻은 핏물을 닦았다.

손에 묻어나는 피를 자신의 옷에 닦으며 몇 번, 여전히 지저분하기는 해도 유난히 흰 피부를 자랑하는 장운의 얼굴이 온전히 드러났다.

담사월은 물끄러미 그의 얼굴을 바라보고 있었다.

어릴 적 추억부터 시작해서 바로 조금 전까지의 일들이 마치 꿈처럼 스쳐 지나갔다.

"언제까지 기다려야 하느냐? 어차피 금방 따라가게 될 테니 이제 그만 하자."

적홍이 짜증난 음성으로 소리치자 그때까지 멍하니 장운의 얼굴만을 바라보고 있던 담사월이 천천히 몸을 일으켰다.

"기다려 줘서 고맙다고 해야 하나?"

적홍이 갑작스레 변한 담사월의 기세에 흠칫 놀라며 뒷걸음질쳤다.

'이, 이런 기세라니!'

담사월의 몸에서 이는 폭풍 같은 기세는 추격대 모두를 긴장시킬 만큼 강력했다.

"네놈들이 장운을 죽인 것이 얼마나 큰 실수였는지 알게 될 것이다."

지금 담사월의 폭발할 것 같은 기세는 뒤를 생각하지 않고 선천진기까지 모조리 끌어 모은 것이었다.

분명 무리였음에도 담사월은 한순간도 망설이지 않았다.

어차피 지금 이 자리에서 추격대를 쓰러뜨리지 못하면 뒤는 없었고 무엇보다 장운을 죽인 자들을 그대로 보낼 생각이 추호도 없었기 때문이었다.

온몸을 상처로 뒤덮고 피와 먼지가 범벅이 된 담사월.

거친 숨을 몰아쉬고 있는 모습에선 비장미까지 엿보였다.

"조심해라."

담사월의 예리한 기파가 자신을 향하는 것을 느낀 적홍이 수하들에게 경고를 보내며 공격에 대비했다.

하지만 담사월이 공격을 해오지 않자 오히려 추격대 중 하나가 선공을 취했다.

눈으로 쫓기가 힘들 정도로 빠르게 움직인 사내의 검이 담사월의 목으로 쇄도하고, 자신의 생명을 끊기 위해 접근하는 검을 보면서도 담사월은 별다른 반응을 보이지 않았다. 마치 생을 포기한 사람처럼 검을 비스듬히 든 자세 그대로 우두커니 서 있을 뿐이었다.

적홍을 비롯한 추격대는 담사월이 스스로 목숨을 포기했다고 여기며 하늘 높이 치솟을 그의 머리와 지겨웠던 추격전의 끝을 떠올렸다.

오산이었다.

담사월은 포기하지 않았다.

단지 선천지기까지 끌어올린 내력이 최고조에 이를 때까지 기다린 것이었다.

사내의 검이 목에 도달하기 직전 담사월이 고개를 홱 틀었다.

검이 스치며 머리카락이 잘려 나갔지만 신경도 쓰지 않았다.

머리카락이 바람에 흩날리는 순간, 비스듬히 세워졌던 담사월의 검이 사내를 향해 엄청난 속도로 폭사되었다.

"저런!"

담사월이 결코 목숨을 포기하지 않았다는 것을, 분명 반격이 있으리라 예상했던 적홍마저 다급한 숨을 내뱉을 정도로 날카로운 역습이었다.

다급히 끌어당긴 검으로 담사월의 검을 막고 그 찰나 몸을 빼려는 사내.

하나, 튕겨져 나갔던 검이 어느새 그가 피하는 길목을 향해 쇄도하고 있었다.

피하기는 이미 늦었다고 생각한 사내가 지체없이 왼쪽 팔을 들어 올렸다.

왼쪽 팔이 팔꿈치 위로 깨끗하게 잘려 나가고 팔 하나를 희생하여 목숨을 부지하려던 사내는 갑자기 방향을 틀어 위로 치솟은 검에 고통을 느낄 사이도 없이 목숨을 잃고 말았다.

어이없는 수하의 죽음에 적홍의 이마가 절로 찌푸려졌다.

"죽여라."

적홍의 명이 떨어지고 그동안의 지겨운 추격전과 그때마다 하나씩 쓰러져 간 동료들의 모습을 떠올린 추격대의 맹렬한 공격이 시작됐다.

담사월은 가만히 앉아서 포위될 생각이 없었다.

상대의 공격이 시작되는 것과 동시에 힘차게 발을 구르며 검을 휘둘렀다.

목표가 된 사내가 깜짝 놀라 피하려 하였지만 선천진기까지 끌어낸 담사월의 공격은 정상적인 몸이었을 때보다 더욱 강력한 위력을 보여주고 있었다.

"컥!"

피했다고 생각한 사내가 믿을 수 없다는 표정으로 목을 부여잡고 쓰러졌다.

검은 피했을망정 검에서 뿜어져 나오는 검기는 미처 피하지 못한 것이었다.

담사월은 쓰러진 사내의 몸을 디딤돌 삼아 다시금 하늘로 뛰어올랐다.

파스스슷!

담사월이 발출한 검기가 수직으로 내리꽂혔다.

그 공격으로 두 명의 목숨을 더 거둘 수 있었지만 추격대의 반격도 만만치 않았다.

옆구리를 파고든 검에 가볍지 않은 상처를 입은 담사월이 흘러나오는 신음을 참기 위해 이를 악물었다. 그리곤 자신에게 상처를 남긴 자의 얼굴을 향해 장력을 내뿜었다.

마령혈천장(魔靈血天掌)에 적중당한 사내는 비명도 남기지 못하고 얼굴이 뭉개져 숨이 끊어졌다.

쉬릿.

날카로운 소리와 함께 담사월의 팔을 훑고 가는 적흥의 검기.

피가 튀고 살이 쩍 갈라졌다.

다행히 팔이 잘리는 것은 면했지만 팔뚝 깊숙이 파고든 상처에 담사월의 얼굴이 절로 일그러졌다.

고통을 느낄 사이도 없었다.

머리 위로 세 자루의 칼이 내리꽂히고 있었기 때문이었다.

담사월은 한 번의 움직임으로 팔방을 점할 수 있다는 묵운보(墨雲步)를 이용하여 공세를 벗어났다.

벗어났다고 싶은 순간, 그의 발목을 노리며 두 줄기 검기가 좌우에서 날아들었다.

연거푸 검을 휘둘러 공세를 해소한 담사월이 뒤쪽으로 튕기듯 몸을 움직이며 후미에서 기습을 하려던 자의 가슴에 검을 박았다.

"멍청한 놈들. 정신들 차렷!"

순식간에 다섯 명의 수하를 잃은 적홍이 불같이 화를 내며 담사월을 향해 재차 달려들었다.

적홍의 기운을 느낀 담사월이 검을 치켜세웠다.

몇 번의 충돌로 인해 적홍의 검이 얼마나 무서운지 알고 있었던 담사월은 단순한 무공으론 그의 공격을 감당하지 못한다는 것을 알고 있었다.

'연혼천멸십삼류(燃魂天滅十三流).'

최근에서야 간신히 십성을 넘어선, 그럼에도 불구하고 그 위력이 얼마나 될지 도저히 감을 잡을 수 없었던 무공.

한 번 시전할 때마다 너무나도 막대한 내력과 심력이 소모

되는 연혼천멸십삼류는 그에겐 그야말로 금단의 무공이었지만 물러설 곳이 없는 지금 그만큼 적절한 무공도 없었다.

마음을 굳힌 담사월이 전신의 힘을 검에 모으기 시작했다.

이윽고 불에 달궈진 것처럼 붉은 기운이 검에서 일렁이자 굳게 닫힌 담사월의 입에서 나지막한 외침이 터져 나왔다.

"천지멸절(天地滅絶)!"

순간, 검에서 뿜어져 나온 것이라고 믿기 힘든 붉은 기운이 검과 담사월의 전신을 뒤덮는가 싶더니 적홍과 그의 수하들을 향해 폭사되었다.

"망할!"

적홍의 입에서 경악성이 터져 나왔다.

"조심해랏!"

수하들에게 다급히 외친 적홍이 담사월을 향해 혼신의 힘을 다해 검을 던졌다.

쐐애애액!

적홍의 검이 대기를 가르며 담사월이 쏘아 보낸 붉은 기운과 정면으로 부딪쳤다.

꽈꽈꽝!

담사월이 뿜어낸 기세와 적홍이 목숨을 걸고 던진 검의 충돌은 주변에 엄청난 여파를 몰고 왔다.

적홍을 도와 공격을 감행했던 수하 몇이 그 힘에 휩쓸려 오체분시되어 사라지고 적홍의 검 또한 산산이 조각나 사방으로 비산했다. 그 조각 하나하나가 날카로운 암기가 되어 주변을 휩쓰니 파편에 걸린 모든 것이 박살이 났다. 나무가 되었든, 바위가 되었든, 사람이 되었든 가리지 않았다.

쿵쿵쿵.

적홍은 연거푸 아홉 걸음이나 밀려났다.

담사월은 붉게 충혈된 눈으로 다음 공격을 준비하고 있었다.

파스스슷.

두 번째 공격이 밀려들었다.

첫 번째 공격에 비하면 붉은 기운도 많이 옅어졌고 느껴지는 기세 또한 현저하게 줄었지만 그래도 결코 무시할 수 없는 위력이었다.

검을 잃은 적홍으로선 어찌 대적할 수 있는 상황이 아니었다.

위기에 빠진 적홍을 구하고자 수하들이 달려들었다.

적홍의 앞을 가로막고 붉은 기운에 맞선 이들이 무참하게 쓰러지고 그 틈을 이용해 재빨리 검을 건네받은 적홍이 담사월의 사각지대를 파고들었다.

그러나 담사월이 시선을 돌리는 것과 동시에 수하들을 쓸어가던 붉은 기운이 또다시 적홍을 노리며 짓쳐들었다.

감히 대항할 생각을 하지 못한 적홍이 땅바닥을 구르며 겨우 공세에서 벗어나는가 싶었지만 절대로 놓치지 않겠다는 듯 방향을 튼 붉은 기운이 적홍의 가슴을 단숨에 파고들었다.
"크악!"
 적홍의 입에서 비명이 터져 나오고 가슴 어귀에서 붉은 핏줄기가 뿜어져 나왔다.
 적홍의 몸이 비틀거렸다.
 손바닥으로 뿜어져 나오는 피를 막고 있는 그의 얼굴엔 잠시나마 공포와 절망감이 깃들었다.
 무적을 자랑하지는 않았지만 그래도 당금 천하에 상대하지 못할 자가 없다고 생각했다.
 더구나 혼자가 아니었다.
 지금껏 육십이 넘는 인원이 동원되었고 당장 지금의 싸움에만 삼십이 넘는 수하들이 합공을 하고 있었다.
 한데 그런 상황에서도 적을 쓰러뜨리지 못했다. 아니, 쓰러뜨리긴커녕 벌써 절반이 넘는 수하를 잃고 이제는 자신까지 치명적인 부상을 당했다.
 적의 공격이 가슴에 적중하는 순간, 겨우 몸을 틀어 목숨은 부지할 수 있었지만 상처는 결코 가볍지 않았다.
 적홍은 자신이 처한 상황을 도저히 믿을 수 없다는 듯 멍한 눈으로 담사월을 바라보고 있었다.

"강하군. 정말."
"그래도 이젠 끝날 것 같은데요. 하긴 저 몸으로 지금까지 버틴 것이 기적이었지요. 처음 기세가 조금만 더 이어졌어도 살아남은 사람은 저들이 아니라 호화단주였을 텐데."

담사월을 호화단주라 칭하는 두 인물.

금장파파와 은장파파는 물끄러미 전장을 바라보는 검후에게 시선을 돌리며 물었다.

"구해야 하지 않겠습니까?"

금장파파의 말에 검후가 고개를 끄덕였다.

"소신들이 다녀오겠습니다."

"아니. 내가 가야겠어."

"직접 움직이시겠단 말씀입니까?"

은장파파가 깜짝 놀라며 되묻자 검후가 살짝 웃었다.

"그래도 명색이 호화단주였잖아. 나는 인정하지 않았지만."

"지독… 한 놈."

가슴에서 뿜어져 나온 피로 인해 혈귀로 변해 버린 적홍이 참담한 눈으로 담사월을 응시했다.

그토록 무시무시한 신위를 보여주던 담사월은 모든 움직임을 멈추고 우두커니 서 있었다.

마지막 불꽃을 사른 몸에선 조금의 기운도 느껴지지 않았다.

"하지만 이제 끝났다."

적홍의 음성은 어딘지 모르게 허탈했다.

그도 그럴 것이 폭주한 담사월을 상대하다 살아남은 사람이 자신을 포함해도 고작 여섯 명에 불과했다.

이각여의 짧은 시간 동안 무려 스무 명이 넘는 수하들을 잃은 것이었다.

처음 그를 추격하기 위해 따라온 수하들의 수가 육십에 달했다는 것을 생각하면 참패도 이런 참패가 없었다.

적홍이 담사월을 향해 다가가자 그때까지 살아남은 자들도 조심스레 담사월을 포위했다. 행여나 다시 움직이지 않을까 극도로 경계하는 모습들이었다.

'장운.'

담사월의 눈에 싸늘한 주검으로 변한 장운의 모습이 들어왔다.

'징그러운 놈. 우리는 죽음까지 함께할 모양이다. 크크크.'

공허한 미소가 담사월의 입가에 맴돌고 그의 미소를 본 적홍의 눈빛이 매서워졌다.

적홍은 검을 꽉 움켜잡았다. 그리곤 그동안의 울분을 토하기라도 하듯 괴성을 지르며 검을 휘둘렀다.

담사월은 자신의 목을 향해 짓쳐든 검을 보면서도 아무런 행동도 하지 못했다. 선천지기까지 모조리 끌어다 사용한 지금의 그에겐 손가락 하나 까딱할 힘도 남아 있지 않았다.

바로 그때였다.

"그만."

감정의 기복이 전혀 느껴지지 않는 음성.

적홍은 자신의 검이 어째서 허공에 멈췄는지 의식도 못한 채 고개를 돌렸다.

여인이었다.

눈부시게 하얀 무복에 검은색 면사로 얼굴을 가린 여인.

드러난 것은 눈뿐이었지만 그녀의 무심한 눈빛과 마주치는 순간, 적홍은 등줄기가 서늘해졌다. 그리고 어째서 자신이 검을 멈춘 것인지 이해를 할 수가 있었다.

참기 힘든 존재감.

가만히 바라만 보고 있는데도 전신의 몸이 떨릴 정도로 그녀의 몸에서 발산되는 예기는 무서웠다.

'무적팔위 이상이다.'

아니, 어쩌면 무적팔위보다 강할지 몰랐다. 최소한 무적팔위 앞에선 검을 든 손이 떨리지는 않을 테니까.

"누구… 냐?"

적홍이 잔뜩 긴장한 얼굴로 물었다.

검후는 대답 대신 검신을 툭 건드렸다.

치이이잉.

검신에서 시작된 진동이 퍼져 나가며 대기를 울렸다.

적홍이 만약 무림에서 활동을 했다면, 최소한 지금보다 관심이 많았다면 그녀의 행동이 상대를 청하는 검후의 독특한 버릇임을 알아볼 수 있었을 것이다.

하나, 그것을 알지 못했기에 그는 아무런 행동도 하지 못했다.

적홍이 별다른 반응을 보이지 않자 검후가 다시 한 번 검을 튕겼다.

찌이이이잉.

다소 커지고 날카로워진 울림.

"말은 필요없다는 건가?"

비로소 그것이 자신을 청하는 것임을 이해한 적홍이 침을 꿀꺽 삼키며 검을 고쳐 잡았다.

자세를 고쳐 잡았다고 생각하는 순간, 그의 검이 허공을 가르고 검에서 뿜어져 나온 검기가 검후를 향해 일직선으로 밀려들었다.

"저런!"

뒤에서 지켜보던 금장과 은장파파가 깜짝 놀라 소리를 지를 때 검후의 검이 움직였다.

'마, 말도 안 돼!'

기습적으로 공격을 펼치던 적홍의 얼굴이 마치 귀신이라도 본 것처럼 하얗게 질렸다.

검후를 노렸던 검기는 이미 사라졌다.

적홍이 들고 있던 검도 어느새 산산조각이 나 손잡이밖에 남지 않았다.

입을 쩍 벌리고 망연자실한 표정을 짓고 있는 적홍의 목덜미에 가느다란 실선이 만들어지고 그 실선을 따라 붉은 핏방울이 모습을 보였다.

"그, 그대는……."

목을 부여잡은 적홍이 쥐어짜는 듯한 탁한 음성으로 질문을 던졌다.

잠시 그를 바라보던 검후가 조그맣게 대답을 했다.

"검각."

"검… 각이라면… 검… 후? 과… 연."

허공에서 검기를 잘라 버릴 정도의 빠름에 한껏 내력이 주입된 검을 산산조각 내버릴 수 있는 강력함은 진정 검후라는 이름에 걸맞은 실력이었다.

적홍의 목이 힘없이 꺾이며 주인을 잃은 몸이 그대로 고꾸라졌다.

난데없이 나타난 검후에게 적홍이 쓰러지자 나머지 수하들은 엉거주춤할 수밖에 없었다.

덤비자니 검후가 보여준 무공이 너무도 가공했고 그냥 돌아가자니 그 또한 여의치가 않았다.

검후는 그들이 어떤 행동을 하건 상관없다는 듯 몸을 돌리더니 큭큭거리고 있는 담사월에게 걸어갔다.

"오랜만이군요."

"그러게 말이오, 검후."

"괜찮은가요?"

"솔직히 괜찮지는 않소. 이것 참, 명색이 호화단주라는 놈이 꽃을 보호하기는커녕 도리어 도움을 받았으니 체면이 말이 아니구려."

"……."

꽃이라는 말에 검후의 아미가 살짝 찌푸려졌지만 담사월은 그런 것에 신경 쓸 사람이 아니었다.

"아무튼 반갑소. 이게 얼마 만이오? 아, 그리고 두 할멈. 놈들 좀 잡아주시구려. 제법 강한 놈들이나 할멈들의 실력이면 그다지 힘들지는 않을 것이오. 아주 재밌는 사실을 알려줄 테니 그렇게 도끼눈을 뜨지는 말고 말이오."

뭐가 그리 좋은지 활짝 웃는 담사월.

검후는 그런 담사월을 보며 조금 전까지 미친 듯이 검을 휘두른 사람의 얼굴치고는 참으로 능글맞다고 생각했다.

第六十一章
혈해소림(血海少林)

"좋군."

이른 새벽, 밤을 새워 숭산에 도착한 하후천은 태실산(太室山) 정상에 올라 발밑으로 끝없이 펼쳐진 운해(雲海)를 바라보고 있었다.

"술을 준비할까요?"

하후천의 그림자라 할 수 있는 첨부문이 공손히 물었다.

"술이라… 그래. 한 잔 정도는 좋겠지."

하후천의 말이 떨어지기가 무섭게 주안상이 준비되었다.

주안상이라고 해봐야 하후천이 평소 즐기는 머루주 한 병과 급하게 데친 산나물 한 접시가 전부였지만 도무지 끝이 보이지 않는 운해와 그 위로 서서히 모습을 보이는 태양이 있기에 운치만큼은 최고였다.

"한잔하여라."

"괜찮습니다."

첨부문이 사양을 했지만 하후천은 술잔을 내리지 않았다.

"하래도."

"그럼……."

술잔을 받아 든 첨부문이 단숨에 잔을 비웠다. 하지만 그는 술을 들이켜기가 무섭게 체외로 발출시켜 버렸다.

"쯧쯧, 그렇게까지 할 필요는 없거늘."

혀를 찬 하후천이 어느새 운해 위로 한 뼘이나 올라선 태양을 바라보며 느긋하게 잔을 비운 뒤 물었다.

"준비는 되었느냐?"

"예."

"여독이 남았다거나……."

"그럴 일은 절대로 없습니다."

첨부문이 단호히 고개를 흔들고 때마침 정상을 향해 걸어오던 황극이 그의 말에 맞장구를 쳤다.

"흑혈대주의 말이 맞습니다. 다소 무리를 해서 이동한 탓에 피곤은 하겠지만 크게 문제될 것은 없습니다. 그나저나 어디를 가셨나 했더니… 너무하십니다, 교주."

"뭐가 말인가?"

"이런 곳에서… 이 늙은이도 부르셨어야지요."
"허허, 그렇게 되었네. 지금이라도 왔으니 한잔하게나."
너털웃음을 지은 하후천이 술을 권하고 황극은 연거푸 석 잔의 술을 비웠다.
"더 하려나?"
하후천의 말에 황극이 고개를 흔들었다.
"지금이 딱 좋습니다. 나머지는 소림을 무너뜨린 후 하도록 하지요."
"그것도 좋겠지. 어차피 술도 없었군."
마지막 잔을 채우며 미소 지은 하후천이 첨부문에게 물었다.
"법왕사(法王寺)를 먼저 친다고 했더냐?"
"예. 무림에 모습을 드러내지는 않았지만 그들 역시 만만치 않은 무공을 지니고 있습니다. 자칫하면 배후를 공격당할 수 있는 터, 일격에 쓸어버릴 생각입니다.
"그리하여라."
"숭양서원(嵩陽書院)과 중악묘(中岳廟)는 어찌할 생각이냐? 숭양서원은 그렇다 쳐도 중악묘에는 꽤나 실력있는 도사들이 있는 모양이던데."
황극의 물음에 첨부문이 하후천의 눈치를 살피며 대답을 했다.
"교주님께서는 무시하라 하셨습니다만 중악묘는 적당히

견제를 할 생각입니다. 중악묘의 도사들이 소림과는 그다지 상관은 없지만 그래도 변수로 작용할 수는 있으니까요."
 "뭐, 알아서 해라. 그래도 한 가지는 확실하게 알아두거라."
 "말씀하십시오."
 "첫 싸움은 이 늙은이의 몫이다."
 "하오나……."
 "넌 그저 수하들 몇 명만 붙여주면 돼."
 담담히 말하면서도 슬그머니 눈을 부라리는 것을 잊지 않는 황극의 모습에 쓴웃음을 지은 첨부문이 고개를 끄덕였다.
 "알겠습니다. 그리하시지요."
 "그래도 되겠습니까, 교주?"
 "이미 결정을 해놓고 뭘 묻는가? 편한 대로 하게."
 "감사합니다, 교주."
 겸연쩍은 미소를 흘리는 황극을 향해 하후천이 넌지시 일렀다.
 "기왕 시작하는 것이니 확실하게 하게."
 황극이 누런 이를 드러내며 씨익 웃었다.
 "맡겨두십시오."

 "역사적인 날이다. 그 서전을 나와 너희들이 책임진다."
 쿵.
 흑혈대 대원 스물다섯 명이 일제히 발을 구르자 땅이 울리고 산천초목이 흔들렸다.

"지금부터 너희들의 용맹을 볼 것이다."

"와아아아!"

불과 이십오 명이 내지르는 함성이라고는 생각하기 힘든 거대한 함성이 태실산을, 숭산을 뒤흔들었다.

"이각 안에 모든 것을 끝낸다. 손속에 자비를 두지 마라. 다음 목표인 소림까지 일거에 쓸어버린다. 하앗!"

힘찬 기합성과 함께 내지른 황극의 일격에 법왕사의 산문이 흔적도 없이 사라졌다.

"누… 악!"

난데없는 함성에 놀라 눈을 비비며 달려오던 청년승이 가슴을 부여잡고 그대로 쓰러졌다.

"와아!"

"공격, 공격하랏!"

그것을 신호로 흑혈대 사조 스물다섯이 법왕사를 향해 가히 노도와 같은 기세로 돌진하기 시작했다.

그들의 모습을 먼발치에서 바라보던 하후천이 만족한 미소를 지으며 말했다.

"첨부문."

"예, 교주님."

"우리는 이대로 소림을 공략한다. 시작해라."

"존명."

최대한 허리를 꺾으며 명을 받은 첨부문이 대기하고 있던 조장들을 불러 모았다.

"추명(秋鳴)."

"예, 대주."

흑혈대의 부대주이자 일조 조장 추명이 옆으로 째진 눈을 더욱 가늘게 뜨며 앞으로 나섰다.

"이굉(李轟), 황초군(黃硝群)."

"예, 대주."

두 명의 장한이 동시에 대답했다.

"계획대로 움직인다. 철저하게 섬멸해야 할 것이다."

"알겠습니다."

"반 시진 후, 소림사 산문에 모인다."

소림사까지 이어진 진입로는 모두 셋.

길목마다 무수한 사찰과 암자들이 존재하며 그곳에는 많은 무승들이 저마다의 수행을 위해 애쓰고 있었다. 그들 모두를 반 시진 내에 제거하고 집결한다는 것이 사실상 무리라는 것을 알고 있었지만 첨부문은 암흑마교 최고의 정예라 할 수 있는 흑혈대원들의 능력에 추호의 의심도 없었다.

"가라."

첨부문의 명이 떨어지기가 무섭게 명을 받은 세 명의 조장이 자신의 수하들을 이끌고 신속하게 이동을 시작했다.

하후천이 눈짓을 보내자 그들 뒤로 각기 다섯 명의 호법들이 따라나섰다.
 수하들이 사라지자 첨부문이 하후천에게 읍을 했다.
 "모시겠습니다."
 고개를 끄덕인 하후천이 뒷짐을 지고 소림사를 향해 천천히 걷기 시작했다.
 오직 첨부문만이 그의 뒤를 따르고 있었다.

 뎅! 뎅! 뎅! 뎅!
 아침이면 은은하게 숭산을 깨우던 종소리가 전에 없이 다급하게 울려 퍼졌을 때 소림의 주요 수뇌들은 이미 방장실에 모여 있었다.
 "적의 정체는 확인되었느냐?"
 장문 공진 대사가 대정련으로 떠난 뒤 임시로 방장의 책무를 맡고 있던 장경각주 공승(空丞)이 초조한 얼굴로 물었다.
 "아직 확인되지 않고 있습니다."
 자운당주(慈雲堂主) 무인(無印)이 굳은 표정으로 대답했다.
 "서둘러라. 대체 어느 놈이 감히 소림을 넘보려 하는지 반드시 알아내야 할 것이다."
 자리에서 벌떡 일어난 계율원주(戒律院主) 공명(空明)이 호목(虎目)을 부라리며 소리쳤다. 선장(禪杖)을 쥔 손이 부들부들 떨리는 것을 보면 당장에라도 뛰쳐나갈 기세였다.
 "법왕사는 어찌 되었다더냐?"

일선에서 물러나 계지원에서 수행을 하다 달려온 오광 대사(悟廣大師)가 묵주를 헤아리며 물었다.
"확인을 하러 간 제자가 돌아오지 못했습니다."
"아미타불!"
무인의 말에 저마다 안타까운 표정으로 불호를 되뇌었다.
확인하러 간 제자마저 돌아오지 못할 정도라는 것은 법왕사에 닥친, 아니, 소림에 닥친 위기가 그만큼 심각하다는 것을 의미하기 때문이었다.
"악도들은 어디까지 왔고 현재 상황은 어떻다더냐?"
오광 대사가 다시 물었다.
"방금 전, 보현암(普賢庵)이 흔적도 없이 사라졌다는 전갈을 받았습니다. 하면 그 밑에 있었던 영운각(嶺雲閣)이나 초조암(初祖庵), 천불각(千佛閣)은 이미……."
무인은 차마 말을 잇지 못했지만 그가 하고자 하는 말을 이해하지 못하는 사람은 아무도 없었다.
"아미타불!"
참담함과 안타까움, 공허함이 한데 뒤섞인 불호성이 방장실을 뒤덮을 때 서래당주(西來堂主) 무경(無輕)이 방장실에 뛰어들 듯 달려오며 소리쳤다.
"적을 확인했습니다!"
"어떤 놈들이냐?"
공명이 선장을 바닥에 찍으며 물었다.

"암흑마교입니다!"

"뭣이! 암흑마교?"

공명이 깜짝 놀라며 되물었다.

놀란 사람은 공명뿐만이 아니었다.

설마하니 암흑마교가 소림에 쳐들어올 줄은 상상도 하지 못했던 이들 모두 두 눈을 부릅뜨며 경악을 금치 못했다.

"암흑마교라니… 그들이 어떻게 여기를?"

공승이 참담하게 일그러진 얼굴로 고개를 흔들자 전임 나한전주 오현 대사(悟賢大師)가 책망하듯 말했다.

"그들이 어떻게 여기까지 온 것은 중요한 것이 아니다. 지금 중요한 것은 어찌하면 저 무뢰한 악도들을 물리치고 소림을 지켜낼 것인가 하는 점이야. 무경아."

"예, 사숙조님."

"적의 수는 파악이 되었느냐?"

"현재 세 갈래 길로 나뉘어 오는지라 정확하게 파악하기는 힘드나 대략 백여 명 남짓 되는 것으로 보입니다."

생각보다 숫자는 적었지만 그만한 인원으로 소림을 친다는 것은 하나같이 정예들로 구성되었다는 것. 숫자는 허울에 불과할 뿐이었다.

"공상(空像)아."

"예, 사숙."

"나한전에 아이들이 몇이나 있더냐?"

"육십이 조금 안 됩니다."

"음."

오현 대사의 입에서 침음이 흘러나왔다.

평소 나한전에서 수련하는 나한들의 수는 대략 백팔십.

상당수가 방장을 따라 대정련으로 빠졌다는 것을 알고는 있었지만 소림의 주력이라 할 수 있는 나한의 수가 생각보다 너무 적었다.

"자운당과 서래당의 아이들은?"

"대정련으로 간 아이들을 제외하고는 각기 백 명이 조금 넘습니다."

무인과 무경이 동시에 대답했다.

"하면 모두 합쳐 그래도 삼백은 된다는 말인데……."

오현 대사의 얼굴은 좀처럼 펴지지 않았다.

자운당과 서래당은 어느 정도 기초적인 무공 수련을 끝낸 어린 제자들 및 속가의 제자들이 한데 어울려 무공을 배우는 곳이었다.

이곳에서 최소한 십 년은 더 배우고 실력을 키워야 비로소 나한전으로 올라가 소림사의 절예를 배울 수 있었다. 하니 숫자로서는 적을 압도할 수 있었지만 대다수가 현(賢)자배로 이뤄진 자운당과 서래당의 제자들은 나한전의 나한들과 비교하면 실력 차이가 하늘과 땅 차이였다.

"지금 즉시 놈들의 이동 경로에 있는 모든 암자와 사찰 등에 전갈을 넣어 본사로 모이게 하여라. 흩어져 있으면 쓸데없이 희생만 커질 뿐이야."

"이미 그리 조치하였습니다."

무경이 대답했다.

"계지원의 사제, 사질들에게도 알려야겠습니다."

오현 대사의 말에 오광 대사가 안색을 흐리며 대꾸했다.

"숭산의 변고를 그들이 어찌 모르겠는가? 이미 준비를 하고 있을 걸세. 다만, 불법에 힘써야 할 그들이 또다시 손에 피를 묻히게 되었으니……."

"그렇다고 적도들에게 굴복할 수는 없지 않겠습니까?"

"아미타불! 본산이 피로 물들겠구나. 이 죄를 어찌 다 받을꼬."

오광 대사가 눈썹을 파르르 떨며 탄식을 했다.

소림사 산문 밖.

온몸을 피로 물들인 흑혈대원들이 속속 모여들었다.

"피해는?"

가장 먼저 산문에 도착한 추명이 이조 조장 이굉에게 물었다.

"넷이 당했습니다."

"삼조는?"

당당히 고개를 들고 있는 이굉과는 달리 황초군은 얼굴을 붉히며 대답했다.
 "일곱이 당했습니다."
 일곱이라면 사분지 일이 넘는 인원으로 생각보다 피해가 컸다.
 "네가 이해해라. 웬 괴물 같은 중놈이 있었으니까."
 삼조를 지원하기 위해 움직인 저우량이 자신이 쓰러뜨린 천불각주를 떠올리며 두둔했다.
 "노부도 하마터면 당할 뻔했으니 저 아이들이 상대한다는 것은 무리지. 끌끌."
 저우량이 피로 물들인 허리춤을 가리키며 웃자 추명도 할 말이 없었다. 저우량이 부상을 당할 정도면 그만한 피해는 너무도 당연했다.
 "애썼다. 사조는?"
 황초군의 어깨를 두드린 추명이 사조를 이끌고 법왕사를 공략했던 사무향(司舞香)을 바라보며 물었다.
 "기세 좋게 돌격을 한 것은 저희들이었지만 솔직히 별로 할 것은 없었습니다. 호법님들께서 모조리 쓸어버리시는 통에……."
 사무향은 황극과 그의 주변에 있는 호법들을 가리키며 쓴웃음을 지었다.
 "네놈들이 굼떠서 그런 것이지."
 어느새 다가온 황극이 사무향의 등짝을 후려치며 말했다.

"한데 교주께서는 어디에 계시느냐? 이곳에서 모이기로 한 것으로 아는데?"

법왕사를 피로 물들인 냉월도(冷月刀)를 어깨에 턱 걸치며 묻는 황극의 모습은 야차(夜叉) 그 자체였다.

"방금 전, 대주로부터 연락이 왔습니다. 교주님께선 따로 움직이신다면서 이 싸움은 호법님께서 지휘하시라고……."

"크하하하! 좋다. 교주께서 이 황극의 실력을 보고 싶으신 모양이구나. 암, 그렇다면 확실하게 보여 드려야지. 사무향."

"예, 호법님."

"이번에도 선봉은 우리다. 법왕사에서 몸도 제대로 풀지 못했다고 하니 어디 마음껏 놀아보거라."

"알겠습니다."

"추명."

"예."

"너는 우익(右翼). 이굉은 좌익을 맡을 것이고 피해가 컸던 황초군과 삼조는 지원을 한다."

"호법님, 저희……."

"그런 표정 짓지 마라. 어차피 싸움은 난전으로 흐르기 마련이야. 말이 지원이지 한데 뒤섞여 싸우게 될 것이다. 그리고 자네들은……."

황극의 시선이 호법들에게 향하자 그들을 대표하여 저우

량이 살소를 흘리며 말했다.
 "늙은 땡중들은 우리가 맡겠습니다."
 "알아서들 해. 특히 계지원의 늙은이들을 막지 못하면 이 싸움은 필패야. 다들 그걸 명심해야 할 것이네."
 그토록 자신감에 넘치던 황극도 계지원을 언급할 때만큼은 신중했다. 숫자는 얼마 되지 않지만 그들이야말로 소림을 떠받치는 기둥과도 같은 고수들. 결코 방심할 수 없는 존재들이었다.

 "끝까지 따라올 생각이냐?"
 하후천이 못마땅한 표정으로 물었지만 첨부문의 대답은 한결같았다.
 "그림자는 따로 움직이는 법이 없습니다."
 "쯧쯧, 고집하고는. 마음대로 하거라. 그나저나 소림사의 탑림(塔林)은 소문대로 대단하구나."
 하후천은 눈앞에 펼쳐진 엄청난 석탑군에 경탄을 금치 못했다.
 명망있는 고승들만이 원적 이후에 탑을 만들어 공적을 기린다는 불가의 법에 따라 탑돌엔 그들의 살아생전 행적에 대해 간략하게나마 적혀 있었는데 대다수가 이름만 들어도 알 수 있는 명망있는 고승들이었다.
 하후천은 특히나 무림 쪽에서 활약했던 이들의 행적을 기린 탑돌에서 발걸음을 멈추곤 했다.

평소에 탑림은 소림사에서도 매우 귀히 여기는 장소로 이렇듯 외인이 함부로 드나들 수 있는 곳이 아니었으나 존망의 기로에 선 지금 하후천을 제지하는 자는 아무도 없었다.

마치 관광이라도 하듯 느긋하게 탑림을 돌아본 하후천이 자신의 상대가 있는 곳, 운설암(雲雪庵)으로 방향을 잡았을 때는 암흑마교의 대공세가 막 시작되는 시점이었다.

"으악!"
"아아악!"

불법의 한 수행 방법으로 무승들이 스스로의 몸과 마음을 채찍질하며 자신을 갈고닦던 연무장은 피로 물들은 지 오래고 시간이 지날수록 시체는 산을 이뤄갔다.

"크하하하! 늙은 땡중들은 대체 어디에 있는 것이냐? 이런 풋내기들로 노부를 막을 수 있으리라 생각한 것이냐!"

이번에 참여한 호법 중 황극과 더불어 암흑마교에서도 손꼽히는 고수로 불리는 지옥수(地獄手) 위진풍(尉震風)의 손속은 실로 매서웠다.

검게 변한 독수(毒手)로 펼치는 잔심마겁수(殘心魔劫手)는 어린 자운당의 제자들을 무참히 쓰러뜨렸으니 이초식은 고사하고 일초식을 막아내는 사람도 없었다.

잔심이라는 이름답게 그의 독수에 당한 이들의 몸은 끔찍한 독과 독에 못지않은 강력한 기운에 그 형체조차 제대로 알아볼 수 없을 지경이었다.

무엇보다 자운당주 무인이 싸움이 시작되자마자 위진풍에게 목숨을 잃은 것이 치명적이었다.

나한전에서도 실력이 뛰어난 자들만 얻을 수 있는 이름, 소림십팔금강 중 한 명으로 명성을 쌓은 무인이었지만 위진풍의 잔심마겁수엔 겨우 오십여 초를 버티는 것이 전부였다.

그가 목숨을 잃자 자운당의 제자들은 구심점을 잃은 채 우왕좌왕했고 그를 뒤따르는 흑혈이조 각 대원들의 무위는 어린 제자들이 감당하기가 실로 버거울 정도로 뛰어났다.

그나마 오 할이 넘는 인원이 삽시간에 도륙당한 시점에서 중앙에서 적의 선봉과 치열하게 싸우던 몇몇 나한들이 지원을 나오고 계지원의 고승 오정 대사(悟靜大師)가 위진풍을 막아서지 않았다면 자운당은 전멸을 면치 못했을 것이었다. 특히 위진풍과 정면으로 맞부딪친 오정 대사의 무위는 그토록 거침없이 소림 제자들을 쓰러뜨리던 위진풍이 식은땀을 뻘뻘 흘릴 정도로 막강했다.

소림의 주력이라 할 수 있는 나한전의 고수들과 오정 대사의 등장으로 인해 싸움은 어느 한쪽이 승기를 잡지는 못한 채 다소 소강상태로 접어들었다.

숫자는 적어도 개개인의 무위가 뛰어났던 암흑마교가 전력상 다소 우위를 보이는 것은 사실이었지만 죽음으로써 본

산을 지켜야 한다는 각오로 싸움에 임하는 소림사 제자들의 투혼은 그것을 상쇄시키기에 충분한 것이었다.

 좌측으로는 죽림, 우측으로는 송림, 정면으론 맑다 못해 투명한 냇물과 한 폭의 그림을 이루고 있는 운설암.
 예로부터 운설암의 절경은 보는 이로 하여금 감탄을 금치 못하게 했다.
 하지만 운설암이 천하인들에게 유명한 까닭은 비단 절경 때문만은 아니었다.
 뭇 무림인들의 추앙을 받는 불성, 바로 그가 운설암에 머물고 있었다.
 "너는 이곳에 있거라."
 운설암이 눈앞에 모습을 드러내자 하후천이 첨부문에게 손짓을 했다.
 "하오나……."
 "네가 끼어들 자리가 아니다. 그것이나 이리 주거라."
 하후천의 말투에 실린 단호함에 첨부문은 걸음을 멈추고 손에 들고 있던 술병 하나를 건넸다.
 빙글 몸을 돌린 하후천이 운설암을 향해 걷기 시작했다.
 한 걸음. 한 걸음.
 운설암을 향해 걸어가는 그의 발걸음은 가벼웠다.
 그의 걸음에는 그 어떤 조급함도, 긴장감도 느껴지지 않았다.
 '교주님.'
 평생 동안 그를 곁에서 모신 첨부문은 자신의 걸음을 멈추게 한 하후천의 음성에서 활화산보다 더욱 거세게 타오르는 호승심을 느낄 수 있었다.
 '교주님께서 호승심을 불러일으키게 하다니 불성은 과연 불성이란 말이군.'
 하후천의 뒷모습을 바라보는 첨부문의 입가에 묘한 미소가 흘렀다.
 하후천의 진정한 무위를 알고 있는 그에게 패배라는 단어는 뇌리에서 지워진 지 오래였다.

 "훗."
 자신을 반기기라도 하듯 활짝 열려 있는 운설암, 그리고 그 앞에 서 있는 소사미를 본 하후천의 입가에 미소가 걸렸다.
 "혹, 태사숙조님을 찾아오신 분인가요?"
 소사미가 불안한 눈동자를 굴리며 물었다.
 "나를 기다리고 있었느냐?"
 "예."
 "너는 내가 누군지 알고 있느냐?"
 "그게……."
 소사미가 머리를 긁적이며 머뭇거리는 순간, 안쪽에서 담담하게 흘러나오는 음성이 있었다.

"어서 오시지요."

소사미의 머리를 한번 쓰다듬어 주며 운설암으로 고개를 돌린 하후천이 말했다.

"너는 살 것이다."

소사미가 순간, 흠칫하여 눈을 동그랗게 뜰 때 하후천은 이미 운설암으로 사라졌다.

단아하면서도 소박해 보이는 외부와 마찬가지로 운설암의 내부도 무척이나 간소했다. 생활에 꼭 필요한 몇 가지 집기들만 있을 뿐 그 흔한 액자나 장식품 따위는 보이지 않았다.

한쪽 귀퉁이가 뜯겨져 나간 탁자 맞은편, 불성이 앉아 있었다.

"앉으시지요. 기다리고 있었습니다."

하후천은 불성이 권하는 의자에 앉으며 물었다.

"역시나 내가 올 줄 알고 있었나?"

"방금 전, 암흑마교에서 소림을 공격하고 있다는 전갈이 왔습니다만 그전에 귀인이 방문한다는 사실을 알고 있었지요. 그게 암흑마교의 교주라는 것은 지금 알게 된 셈이지요."

"훗, 졸지에 내가 귀인이 되는군. 좋아. 아무튼 미리 알고 있었다니 놀랍군. 무공만 높은 것이 아니었어."

다소 비아냥거리는 말투였지만 불성은 조금도 신경 쓰는 눈치가 아니었다.

"식기 전에 드시지요. 새로 우려낸 것이라 드실 만할 겁니다."

"차라… 향기는 좋은 것 같은데 마지막 가는 길에는 어울리지 않는군. 차라리 이게 낫겠어."

하후천이 첨부문에게서 받아온 술병을 탁자 위에 올리자 불성이 환한 미소를 지었다.

"곡차라… 끊은 지 오래되었지만 늘 생각나는 것이지요."

불성이 담담히 잔을 받자 하후천은 오히려 불성이 권한 찻잔을 들었다.

"그대의 성의를 봐서 이건 내가 마시지."

서로 준비한 술과 차를 마시는 기묘한 행동에 문 뒤로 고개를 빼꼼 내밀고 쳐다보는 소사미가 고개를 갸우뚱거렸다.

"착한 아이입니다."

"본좌가 보기에도 그렇군. 첨부문."

하후천의 말이 끝나기가 무섭게 첨부문이 모습을 보였다.

"살려주거라. 내가 약속했다."

"존명."

어느새 소사미의 수혈을 짚은 첨부문의 신형이 연기처럼 사라지자 불성의 눈에 감탄이 서렸다.

"놀라운 무공이군요."

"어설픈 광대 짓이지. 그대나 나에겐."

불성은 대답 대신 하후천이 권한 술잔을 다시 한 번 비웠다.

그렇게 서로 석 잔의 술잔과 찻잔을 비웠을 때였다.

"이제 시작하지."

말과 함께 예고도 없이 뿜어져 나간 하후천의 기세가 불성을 후려쳤다.

그러나 마치 투명한 막이 보호라도 하듯 하후천이 뿜어낸 기세는 불성의 옷깃에도 스치지 못하고 사방으로 흩어졌다.

"아직 차는 많습니다."

담담히 웃으며 차를 따르는 불성.

그의 몸에서 조금 전, 하후천이 일으킨 것과 마찬가지의 기세가 쏟아져 나갔으나 그 역시 하후천에게 영향을 줄 수는 없었다.

불성이 하후천의 기세를 부드럽게 흘려 버렸다면 하후천은 정면으로 맞서 상쇄시켜 버린 것이었다.

"재밌군."

가볍게 입술을 비튼 하후천이 허공을 격하고 술을 따랐다.

술병에서 흘러나온 술이 다섯 갈래로 나뉘더니 마치 생명체처럼 꿈틀대며 불성을 노렸다.

"아미타불!"

불호를 되뇌인 불성이 자신에게 날아드는 술을 향해 왼쪽 손을 뻗어 크게 원을 그리며 돌렸다.

그러자 손길을 따라 미묘한 파장이 일더니 주변 공기가 그 파장에 따라 휘돌기 시작했다.

불성을 노리던 술이 그 힘에서 벗어나려고 안간힘을 썼으나 결국엔 불성의 손길에 따라 조금씩 합쳐지면서 힘을 잃고 바닥으로 흘러내렸다.
"이 귀한 곡차를……."
허공에서 흘러내리는 술을 담던 불성이 잔에 부딪쳐 튕겨 나간 몇 방울의 술을 보며 아쉬워했다.
그 모양을 보던 하후천이 자신도 모르게 손에 힘을 가하고 그 힘을 이기지 못한 찻잔이 먼지가 되어 흩어졌다.
"이런, 잔이 못쓰게 되었군요. 하지만 걱정하지 마십시오. 다른 건 몰라도 찻잔이라면 그런대로 있으니까요. 우선 본승의 것을 쓰시지요."
가볍게 웃음 지은 불성이 탁자를 살짝 내리쳤다.
찻잔이 허공으로 붕 떠올랐다.
불성이 찻잔을 향해 부드럽게 손을 휘둘렀다.
하후천을 향해 수평으로 날아가는 찻잔.
속도는 빠르지 않았다.
오히려 너무 느려 바닥에 떨어지지나 않을는지 걱정스러울 정도였다.
그 찻잔을 바라보는 하후천의 안색은 다소 굳어 있었다.
그의 눈은 찻잔이 아니라 찻잔 주변에 일렁이는 거대한 기운과 그것을 일으킨 불성을 바라보고 있었다.
'역시 만만치가 않아.'

하후천은 그 조그만 찻잔에 불성이 평생을 수련한 내력이 담겨 있다는 것을 알고 있었다. 별다른 준비 없이 찻잔을 받으려 했다간 크게 낭패를 볼 터였다.

하후천은 즉시 암흑뇌력기(暗黑雷力氣)를 운기하며 내력을 양손에 집중시키기 시작했다.

그의 손에서 언뜻 묵빛이 번뜩인다 싶은 순간, 조금 전 불성이 했던 것처럼 왼손을 뻗어 회전시켰다. 그러자 하후천의 전면에 마치 커다란 방패가 만들어진 것처럼 투명하면서도 은은한 묵빛을 뿜어내는 막이 형성되었다.

꽝!

찻잔과 묵빛 막이 부딪치며 내는 소리는 가히 우레와 같았다.

묵빛 막이 살짝 흔들리고 찻잔이 허공에서 멈췄다.

충돌의 여파로 빼어난 절경을 자랑했던 운설암은 그야말로 초토화가 되고 말았다.

멀쩡한 것은 허공에 떠 있는 찻잔과 불성과 하후천의 사이에 놓인 탁자와 그 위의 집기들, 그리고 두 사람이 앉아 있는 의자뿐이었다. 그 외의 것들은 이미 흔적도 없이 사라지고 말았다.

찻잔이 가로막힌 것에 다소 놀란 표정을 지은 불성이 얼른 신색을 회복하며 너털웃음을 지었다.

"이거, 나이가 들어 기운이 쇠한 듯싶습니다."

말과 함께 우장을 뻗는 불성.
　불성의 공격을 가볍게 막아내며 다소 여유로운 모습을 보이던 하후천이 그와 자신의 공간에 빽빽하게 들어찬 수영(手影)을 보며 다시금 긴장을 했다.
　'불영천강수(佛影千剛手)?'
　불성의 수법이 소림이 자랑하는 소림칠십이절에 중 다섯 손가락 안에 꼽힐 정도로 강력함을 자랑하는 불영천강수임을 알아본 하후천은 그 즉시 마령혈천장(魔靈血天掌)으로서 맞대응했다.
　비록 화려함은 뒤질지 모르나 위력만큼은 천하 으뜸이라 자부하는 마령혈천장은 하후천의 믿음을 저버리지 않았다.
　하후천이 뿌리는 장력에 온 공간을 지배했던 불영천강수가 조금씩 힘을 잃고 사라지고 있었다.
　수영이 하나씩 사라질 때마다 불성의 안색은 급격히 어두워졌고 입가엔 핏줄기까지 보였다.
　'아미타불! 가히 천하를 오시할 수 있는 무위로다. 뼛속까지 울리는 압박감이라니……'
　불성은 공세도 아니고 수세에 처한 상황에서도 몸서리쳐질 정도로 강력한 기세를 뿜어내는 하후천을 바라보며 한숨을 내쉬었다.
　소림을 덮은 암운이 쉽게 걷힐 것 같지 않았다.

'괴물 같은 늙은이 같으니. 겉모습은 산송장이나 다름없는데 이런 강함은 뭐냐고!'

황극이 불법을 공부하는 스님이라곤 도저히 여겨지지 않을 정도로 매서운 살기를 뿜어내고 있는 오현 대사를 보며 혀를 내둘렀다.

벌써 백여 초를 교환했지만 좀처럼 승부가 나지 않았다.

처음 오현 대사를 상대할 때만 해도 그는 자신감이 넘쳤다.

그 어떤 세계보다 치열하게 경쟁을 해야 살아남을 수 있는 암흑마교에서 지금의 위치에 오르기까지 그가 겪은 온갖 위기와 암투, 처절한 대결들은 온실 속의 화초라 할 수 있는 소림사에선 결코 경험해 보지 못할 자신만의 소중한 자산이었다.

하지만 오현 대사의 실력은 그런 황극의 예상을 완전히 벗어나 버렸다.

전임 나한전의 전주로서 소림의 그 누구보다 많은 싸움을 해왔고 지켜봤던 오현 대사는 황극에 결코 뒤지지 않는 많은 실전 경험을 지니고 있었다. 특히 만마를 굴복시킨다는 항마칠검(抗魔七劍)은 그야말로 모든 마공의 상극. 황극도 예외는 아니었다.

황극이 냉월도를 미친 듯이 휘두르며 독문무공인 폭륜십이절(爆淪十二切)을 쏟아부었지만 오현 대사는 그야말로 태산과도 같은 기세로 그 모든 것들을 무용지물로 만들어 버렸다.

무공은 하나같이 강맹하여 두렵지 않은 것이 없었고, 도무지 끝이 보이지 않는 막강한 내공은 기가 질릴 정도였다.
'후, 이러다 자칫하면……'
황극이 주변을 둘러보며 안색을 굳혔다.
압도적일 것이라 예상했던 전황도 의외로 팽팽하게 전개되었다.
초반 기세를 올렸지만 나한전의 무승들이 십팔나한진(十八羅漢陣)을 펼치면서 좀처럼 승기를 잡지 못한 것이 가장 큰 이유였다.
흑혈대원들이 제아무리 뛰어난 능력을 지니고 있다지만 무림에서도 으뜸으로 손꼽히는 나한진을 부수기엔 분명 역부족이었다. 오히려 무리해서 파괴하려 했다가 막대한 피해만 발생했다.
전황을 반전시킬 수 있는 여러 호법들 또한 자신과 마찬가지로 소림의 고승들에게 발이 묶여 별다른 활약을 하지 못하고 있었다.
위기였다.
무슨 수를 써서라도 돌파구를 마련해야 했다.
'우선은 이 늙은 중부터.'
냉월도를 꽉 움켜쥐는 황극의 눈에서 광화(狂火)가 일었다.
오현 대사 역시 그런 황극의 변화를 감지하고 무상반야신공을 극성으로 운기하기 시작했다.

"하압!"

우레 같은 폭음과 함께 황극의 냉월도가 오현 대사를 압박하기 시작했다.

파괴의 힘을 극대화시킨 폭륜십이절의 후반 육 초식 중 폭렬화명(爆裂火明)의 무시무시한 도기가 사방을 잠식하기 시작했다.

오현 대사도 피하지 않았다.

전신이 금빛 휘광에 뒤덮인 오현 대사는 금강멸(金强滅)이란 초식으로 폭렬화명에 대항했다.

황극은 자신의 공격이 금강멸에 막혀 순식간에 사라지자 연이어 귀천폭망(歸天爆網)을 펼쳤다.

주변을 울리는 폭음.

주변의 모든 것을 쓸어버리겠다는 기세로 뿜어져 나오는 도기는 오현 대사를 당황시키기에 충분했다.

그뿐만이 아니었다.

폭열극광(爆熱極狂)에 만폭혈해(萬爆血海), 폭뢰분광(爆雷分光), 마지막으로 폭멸혼(爆滅魂)으로 이어지는 초식이 모두 하나로 연환되니 그 위력은 감히 논하기가 불가능할 정도였다.

오현 대사는 이를 악물었다.

나한진과 계지원의 고승들의 힘으로 간신히 힘의 균형을 맞춰놓은 지금 자신이 황극을 막지 못하면 한순간에 모든 것이 무너질 수 있었다.

무상반야심공을 극성으로 일으킨 지금, 전신이 금빛 휘광에 물든 채 계도를 하늘 높이 치켜세운 오현 대사의 모습은 그야말로 금강역사(金剛力士)를 방불케 했다.
 지진이라도 난 듯 둘이 일으킨 충돌이 소림사 전체를 뒤흔들고 충돌음과 함께 발생한 충격파가 거침없이 사위를 휩쓸었다.
 그 여파가 어찌나 컸던지 그들 주변에서 싸움을 하던 이들이 일제히 무기를 거두고 분분히 물러날 정도였다.
 물러나는 그들의 얼굴은 더없이 초조했다.
 그들도 알고 있는 것이다.
 오현 대사와 황극의 싸움 결과에 따라 전황이 어찌 바뀔지.
 뽀얀 먼지가 하늘 높이 치솟아 얼굴을 살피기 힘들 정도였으나 대충 형상은 알아볼 수 있었다.
 한 사람은 검을 든 자세로 우뚝 서 있었고, 다른 한 사람은 부러진 칼을 땅에 꽂고 한쪽 무릎을 굽히고 있었다.
 "와아!"
 소림사의 제자들이 일제히 환호성을 내질렀다.
 천하를 오시하는 자세로 우뚝 서 있는 사람이 다름 아닌 오현 대사였기 때문이었다.
 반대로 황극의 패배를 확인한 흑혈대원들의 얼굴이 파리하게 질렸다.
 하지만 겉으로 보여지는 것이 다가 아니었다.

"크윽."

황극이 부러진 냉월도에 의지하여 힘겹게 일어났다.

입으론 꾸역꾸역 피를 토해내고 난자되다시피 한 가슴의 상처는 눈으로 보기에도 끔찍할 정도였지만 표정만큼은 밝았다.

"크크크! 제법이었다, 땡중."

그 한마디에 상황을 이해한 흑혈대원들이 일제히 기세를 올렸다.

"와아아아!"

"이겼다."

영문을 몰라 오현 대사에게 달려가는 한 제자.

제자의 손길을 받은 오현 대사는 온몸이 사분오열되며 그대로 무너져 내렸다.

소림 제자들이 어쩔 줄을 몰라 하며 당황하는 사이 황극이 부러진 냉월도를 소림 제자들에게 향하며 소리쳤다.

"모조리 쓸어버려!"

'정말 강하군. 소름이 끼칠 정도야.'

불영천강수를 연거푸 펼쳐도 도무지 허점을 보이지 않는 하후천의 강력함에 불성은 가볍게 한숨을 내쉬었다.

탁자 하나를 사이에 두고 번갈아가며 실력을 펼친 지 벌써 이각여. 비록 무기를 들고 현란한 초식을 구사하는 싸움은 아니어도 둘의 공방은 그 이상으로 치열하고 위험했다.
 '더 이상 버틸 여력이 없다.'
 상대는 암흑마교의 교주, 그럼에도 내심 자신이 있었으나 그런 자신감은 무너진 지 오래였다.
 자신의 내력은 고갈될 대로 고갈되어 바닥을 드러내고 있었지만 상대는 땀방울 하나 흘리지 않고 있었다.
 '승부를 봐야 한다.'
 더 이상 시간을 끌다간 도저히 승기를 잡을 수 없다고 판단한 불성이 결심을 굳혔다.
 하후천을 향해 뻗은 손가락에서 금광이 번뜩였다.
 마령혈천장으로 불영천강수의 압박에서 벗어나고 있던 하후천이 뭔가 모를 섬뜩함에 흠칫거릴 때, 불성의 손가락에서 한줄기 지력이 흘러나왔다.
 '일… 지선공!'
 호신강기를 뚫고 자신의 심장을 노리며 짓쳐드는 한줄기 지력이 소림사에서도 비전으로 전해온다는 일지선공이라는 것을 확인한 하후천은 상당히 당황한 모습이었다.
 암흑뇌력기로 형성한 호신강기를 간단히 뚫고 들어올 정도면 마령혈천장으로도 막기 힘들었다. 더구나 지력에 실린 기운을 보니 불성이 마지막 남은 모든 힘을 쏟아부은 것 같았다.
 생각은 길지 않았다.

위기를 느낀 하후천은 그 즉시 암흑뇌력기를 극성으로 끌어올리며 전신에 묵빛 강기를 둘렀다.

파천묵뢰강(破天墨雷罡)이라 명명된 무공.

몸을 보호하고자 하는 호신강기가 아니었다.

파천묵뢰강은 단순한 호신강기가 아니라 묵뢰기를 일으켜 상대의 혼까지 흔적도 없이 말살할 수 있는 필살의 기공이었다.

일지선공이 소림이 자랑하는 필살기라는 것을 알고 있었지만 파천묵뢰강이 어떤 무공인지, 그 위력이 어떤지 스스로가 너무도 잘 알고 있던 하후천은 승리를 믿어 의심치 않았다.

한데 실로 믿을 수 없는 일이 벌어졌다.

암흑뇌력기로 만들어낸 호신강기는 뚫릴 수 있었다.

최소한 일지선공이라면 그만한 자격이 있었다.

그런데 암흑마교의 수많은 고수들도 감히 도전할 엄두를 내지 못했던 파천묵뢰강마저 일지선공의 위력을 견디지 못하고 조금씩 균열이 생기고 있었다. 결코 있을 수 없는 일이었다.

하후천은 경악에 찬 눈으로 불성을 바라보았다.

백수를 바라보던 나이에 어울리지 않을 정도로 팽팽했던 피부는 온데간데없이 금방이라도 관에 들어가도 이상하지 않을 정도로 망가져 있었으며 칠공에선 피가 흘러내리고 있었다. 특히 입을 타고 흐르는 핏물은 붉다 못해 검었다.

'허!'

하후천은 불성의 상황을 한눈에 알아보았다.

불성은 죽을 각오를 하고 일지선공에 모든 것을 건 것이다.

자신의 생명까지도.

싸움에서 이긴다 해도 살아남지 못할 것이다.

그러나 소림무공의 자존심은 지킬 수 있을 터.

그것을 위해 목숨을 거는 불성을 보면서 하후천은 자신이 불성에게 밀리고 있는 이유를 알 수 있었다.

승부에 대한 호승심과 자부심은 지녔지만 불성과 같은 절박함은 없었다.

힘을 다하지 않은 것은 아니었으나 뒤를 생각하지 않는 사람과 그렇지 않은 사람은 분명 차이가 있었다.

"한 수… 배웠군."

쓴웃음을 지으며 불성을 노려보는 하후천의 눈빛은 그 어느 때보다 냉정하게 가라앉아 있었다.

휘류류류룡.

일신에 지닌 모든 내공을 쏟아부어 일으킨 파천묵뢰강.

하후천의 몸에서부터 일어난 묵빛 강기의 기운은 충돌의 여파로 모든 것이 흔적도 없이 사라진 운설암을 또 한 번 휩쓸며 맹렬히 피어오르고 있었다.

불성의 표정이 암담하게 변했다.

아직 자신을 향하지 않았음에도 살이 찢어지고 뼈가 조각조각나는 압박감이 밀려들었다.
 호신강기를 뚫고 들어가 하후천을 목전에 두었던 일지선공마저 그 강기의 힘에 조금씩 밀려났다.
 불성은 점점 더 거세지는 파천묵뢰강의 기세와는 반대로 점차 소멸되어 가는 일지선공에서 소림의 운명을 직시할 수 있었다.
 '소림이… 소림이… 아!'
 마침내 일지선공을 완벽하게 밀어낸 파천묵뢰강이 불성의 전신을 강타했다.
 순간, 불성은 온 세상이 하얗게 변한다는 느낌을 받았다.
 고통은 없었다.
 오히려 편안하기까지 했다.
 "아미타불!"
 마지막 불호였다.
 퍽! 퍽! 퍽!
 파천묵뢰강의 강기에 완전히 노출된 불성의 몸이 폭죽처럼 터지며 무림일성, 불성은 그 운명을 다했다.
 그렇게 소림의 운명을, 어쩌면 무림의 운명을 결정짓는 두 절대자의 대결이 끝이 났다.
 하후천은 시신조차 제대로 남기지 못한 불성을 바라보다 그 엄청난 대결 한복판에서도 여전히 살아남은 탁자와 그 위에 홀로 놓인 찻잔에 시선을 두었다.
 차는 차갑게 식었으나 향기는 그대로였다.
 하후천이 입안 가득 퍼지는 차향을 음미하고 있을 때 첨부문이 다가왔다.
 "교주님."
 "아이는?"
 "숲 속에 재워두었습니다."
 애써 무심한 표정을 지었지만 그래도 상기된 얼굴 표정까지 감추지는 못했다.
 하후천이 피식 웃으며 물었다.
 "걱정이 되었더냐?"
 "아닙니다."
 "그럼?"
 "패배는 생각지 않았습니다."
 "내가 위험했다면 합공이라도 했을 것이라는 말로 들리는구나."
 "……."
 첨부문이 아무런 말도 하지 못하자 하후천이 짐짓 노한 얼굴로 말했다.
 "앞으로도 그럴 일은 없겠지만 행여나 그런 상황이 되더라도 나서지 마라. 내 손으로 너를 죽이기는 싫으니까."
 "목숨을 거두시더라도 할 수 없습니다. 그것이 그림자의 운명입니다."

　전혀 예상치 못한 대답을 듣게 된 하후천은 미간을 살짝 찌푸리며 노기를 드러내다가 여전히 당당한 첨부문을 보며 고개를 흔들었다.

　어떻게 생각하면 그만큼 충직한 수하도 드물었다.

"싸움은 어찌 되고 있다더냐?"

"확인하지 못했습니다."

"가자. 싸움을 끝내야지."

"예, 교주님."

　대답을 한 첨부문은 언제나 그렇듯 하후천의 뒤를 조용히 따랐다.

第六十二章

무명신군(無名神君) 1

"크헉!"

외마디 비명과 함께 마지막 사내가 싸늘한 주검이 되어 바닥에 쓰러졌다. 하지만 신호탄을 쏘아 올리는 것을 막지 못한지라 적들이 금방 몰려들 것이었다.

"어, 어르신."

무명신군의 몸이 살짝 흔들리는 것을 확인한 옥청풍이 깊은 검상으로 인해 제대로 움직이지 않는 오른쪽 다리를 질질 끌며 다가갔다.

무명신군은 다가오는 옥청풍에게 손짓을 하더니 천천히 숨을 골랐다.

"괘, 괜찮으십니까?"

옥청풍이 걱정스레 묻자 무명신군이 퉁명스럽게 대꾸했다.

"안 괜찮으면? 네놈이 대신 싸울 테냐?"

"아, 아니. 저는 그냥… 저도 나름 열심히 싸우고 있습니다만."

옥청풍이 입을 삐죽이자 무명신군이 혀를 찼다.

"쯧쯧, 실력이 되지 않으면 차라리 나서지를 말 것이지. 그것이 나를 도와주는 것이야."

"……."

옥청풍은 솔직히 입이 열 개라도 할 말이 없는 입장이었다.

백가암에서 죽림의 정체를 알게 되고 도주를 하다가 무명신군에게 구원을 받은 이후, 그가 한 일이라고는 야차처럼 달려드는 적을 피해 무명신군의 그늘 아래로 숨어드는 것뿐이었다.

추격대는 진실로 강했다.

개개인의 실력이 못해도 한 문파의 장로 이상은 되는 것 같았다. 부상으로 본신의 실력을 제대로 발휘하지 못했다지만 정상적인 몸으로 싸운다고 해도 도저히 이길 수 있을 것 같지가 않았다. 더구나 그중 몇 명은, 특히 자신을 비월단의 단주라고 밝힌 중년인은 정말 보기 드문 고수였다.

싸움이 끝난 후, 무명신군은 그의 무공 수준이 다소 부족하기는 해도 얼마 전 자신의 손에 목숨을 잃은 능위소를 떠올리게 만든다고 했다. 당시 능위소의 무공을 도존 갈천수보다 강하다고 평가했던 것을 감안하면 실로 엄청난 무위가 아닐 수 없었다.

이후에도 추격은 계속됐다.

무명신군은 그 압도적인 무위로 적을 격퇴하였으나 끊임없이 조여오는 포위망은 좀처럼 뚫리지 않았다. 시간이 가면 갈수록 오히려 조금씩 피로가 쌓이고 부상도 늘어갔다.

"놈들의 포위망이 더욱 조밀해진 것 같다. 이제는 제대로 움직일 수도 없겠어."

"천라지망을 펼친 것 같습니다."

"음."

"이만한 인원을 동원하면 주변 문파들이 눈치를 채지 못할 리가 없는데… 아마도 대책이 있는 듯합니다."

"상관없다. 천라지망이라 해봤자 어차피 사람이 펼치는 그물이야. 뚫으면 그만이다."

옥청풍은 자신감 넘치는 태도에 과연 무명신군답다는 생각을 하며 살짝 웃은 후, 정색을 하며 말했다.

"이곳에서 얼마 떨어지지 않은 곳에 비교적 안전한 곳이 있습니다."

"그래? 흠, 그런 곳이 있었단 말이지. 이쪽으로 도주로를 잡은 이유가 있었구나?"

"예. 언제까지라고는 장담하지 못하겠지만 저들이라도 함부로 할 수 없는 곳입니다. 일단 그리 가서 몸을 돌보는 것이 좋겠습니다."
"그리하거라."
"하면 제가 앞장서겠습니다."
다리를 심하게 다친 옥청풍은 근처 나무에서 나뭇가지를 길게 자르더니 그것에 의지해 힘겹게 걸음을 옮기기 시작했다.
제 딴에는 죽을힘을 다해 속도를 내는 것이었지만 뒤에서 지켜보는 무명신군은 절로 하품을 할 정도로 느리기만 한 걸음걸이였다.
결국 옥청풍을 허리에 끼고 이동하던 무명신군은 약 반 시진 후, 한 장원에 무사히 도착할 수 있었다.
이동하는 동안에 두어 번의 공격이 있었는데 크게 문제될 정도는 아니었다.
"여긴 대체 어디냐?"
무명신군이 옥청풍의 권유로 도착하게 된 조그만 장원을 탐탁지 않게 바라보며 물었다.
"동창의 안가(安家)입니다."
"동창의 안가? 허, 이런 시골구석에도 안가가 있더냐?"
"한적하니 좋지 않습니까? 이곳에서 황하는 금방입니다. 황하만 무사히 건널 수 있다면 놈들도 더 이상은 어쩌지 못할 것입니다."

"그런 것은 상관할 바가 아니고. 한데 괜찮겠느냐? 동창도 놈들의 수중에 떨어진 것으로 아는데."

"상관없습니다. 이곳은 제 직계 관할입니다. 원래는 공공문이 소유했던 장원이었고 지금 있는 수하들 모두 동창의 요원이라기보다는 공공문의 제자들입니다."

"허, 이제 보니 도적놈들의 소굴이었구나."

옥청풍은 무명신군의 표현이 조금 거슬리기는 하였지만 딱히 틀린 말도 아니었기에 멋쩍은 웃음을 흘렸다.

"놈들도 여기까지 쫓아오지는 못할 겁니다."

"장담은 하지 마라. 우리를 잡기 위해 혈안이 된 놈들이야. 천라지망이 괜히 천라지망이 아니다. 일단 의심스러우면 장소와 상대를 불문하고 헤집고 다닐 게야."

"철저하게 입단속을 시키겠습니다."

"그게 입단속으로 될… 아니다. 그리하거라."

어차피 방법이 없다고 판단한 무명신군은 귀찮다는 듯 손짓을 하고 즉시 가부좌를 틀고 앉았다.

언제 어디서 적이 쳐들어올지 모르는 상황에서 그나마 살아남을 수 있는 가능성을 높이는 것은 오직 몸을 정상으로 회복하는 길뿐이었다.

하지만 운명은 그에게 충분한 휴식을 허락하지 않았다.

무명신군과 옥청풍이 안가에 도착한 지 반나절도 되지 않아 엄청난, 그야말로 무림을 뒤흔들 만한 사건이 전해진 것이었다.

"그게… 사실이냐?"

막 두 번의 대주천을 끝내고 그동안 그를 괴롭혔던 내상과 몸에 쌓인 피로를 상당히 덜어낸 뒤 밝은 표정으로 방을 나서던 무명신군은 옥청풍이 전한 소식에 경악을 금치 못했다.

수십, 수백의 적에게 포위를 당했을 때에도 여유를 잃지 않았던 무명신군이 지금처럼 놀라고 당황하는 모습은 언젠가 도극성이 목숨을 잃었다는 소문을 접했을 때뿐이었다.

그만큼 옥청풍이 전한 소식은 충격적이었다.

"예, 사실입니다. 오늘 아침에 벌어진 일이랍니다."

옥청풍이 무겁게 고개를 끄덕이며 말했다.

"허! 소림이… 불성이 당하다니……."

무명신군의 입에서 안타까운 탄식이 흘러나왔다.

"대체 누가 소림을 공격한 것이냐? 소림이 그리 쉽게 당할 곳도 아니고 불성 또한 마찬가지일 텐데."

"암흑마교에서 기습을 한 것 같습니다."

"암흑마교? 놈들의 위세가 대단하긴 해도 소림을 무너뜨린다? 대정련과의 싸움은 시작도 하지 않은 상태에서?"

무명신군의 물음에 옥청풍은 살짝 한숨을 내쉬며 대답했다.

"지금까지 접한 소문은 그게 전부입니다. 추격대 때문에 수하들의 출입을 최대한 금지한 터라 보다 정확한 것은 시간이 조금 더 흘러야 될 것 같습니다."

"음."

옥청풍을 다그쳐서 될 일은 아니라고 생각한 무명신군이 문득 의문을 제기했다.

"혹여 죽림의 힘이 동원된 것은 아니더냐? 놈들이라면 충분히 그만한 능력이 있다. 암흑마교가 일을 벌인 것으로 꾸밀 수도 있고."

"불성을 쓰러뜨린 사람이 암흑마교의 교주라는 소문이 무섭게 퍼지고 있다고 하는 것을 보니 그것은 아닌 것 같습니다."

"하면 정말로 암흑마교가 소림을 쳤다는 말이더냐? 그것도 교주가 직접 나서서?"

"현재까지는 그렇습니다. 보다 자세한……."

"됐다."

신경질적으로 대답한 무명신군이 벌떡 일어났다.

"어르… 신?"

옥청풍이 불안한 눈초리로 무명신군을 바라보았다.

뭔가 느낌이 이상했다.

"소림으로 가야겠다."

"……."

옥청풍은 무명신군이 대체 무슨 말을 하는지, 혹여 자신이 잘못 들은 것은 아닌지, 아니면 농을 던진 것은 아닌지 의아해하며 그저 두 눈만 끔뻑거렸다.

"너는 이곳에 남거라. 그리고 지금껏 너와 내가 보고, 듣고, 경험한 것을 모든 이들에게 알려라. 지금까지는 추격대 때문에 힘들었지만 이곳에 있는 수하들을 동원하면 가능할 것이다. 더할 것도 뺄 것도 없다. 있는 그대로, 사실만을 전하면 된다."

소림사로 가겠다는 무명신군의 말은 잘못 들은 것도, 농담도 아니었다.

"어, 어르신. 어찌 그런 말도 안 되는 일을… 천라지망이 펼쳐져 있습니다."

"일전에도 말했지? 뚫으면 된다."

"하지만 놈들의 힘이……."

"노부는 더 강하다. 혼자라면 결코 당하지 않는다."

실로 오만한 자신감이었다.

그 자신감이 단순한 객기나 자만심처럼 느껴지지 않는 것은 아마도 그 말을 내뱉은 사람이 무명신군이기 때문이리라.

"그래도 그럴 수는 없습니다. 너무 위험합니다, 어르신."

"허, 지금 네가 나를 막겠다는 것이냐?"

"아, 아니… 그런 것은 아닙니다만……."

옥청풍은 무심하기까지 한 무명신군의 눈빛에 감히 눈을 마주하지 못하고 고개를 숙이고 말았다. 하지만 이내 고개를 처들고 말을 이었다.

"어르신께서 굳이 떠나신다면 제가 무슨 수로 말릴 수 있겠습니까만, 그러나 이건 정말 아닌 것 같습니다."

"뭐가 말이냐?"

"소림은 어차피……."

옥청풍의 말은 이어지지 못했다. 수하 하나가 다급히 달려왔기 때문이었다.

"무슨 일이냐?"

특별한 명이 없는 한 아예 무명신군이 머무는 곳에는 출입을 금하라는 명을 내렸던 옥청풍이 인상을 찌푸리며 물었다.

"수상한 자들이 몰려오고 있습니다."

옥청풍의 안색이 확 바뀌었다.

"수상한 자들?"

"예. 조금 전부터 장원 주변을 기웃거리는 자들이 있더니만 갑자기 숫자가……."

"들켰군."

단정 짓는 무명신군의 한마디에 옥청풍의 인상이 일그러졌다.

"그렇게 인상 쓸 것 없다. 어차피 오래갈 것이라고는 생각하지 않았으니까. 비록 이곳이 동창의 안가라지만 놈들의 이목을 벗어나기란 쉽지 않았을 게다. 사실 이 정도도 예상보다는 오래 버틴 것이었어. 자, 이제 선택의 여지는 없을 것 같구나. 놈들은 내가 상대하마. 너는 방금 전, 내가 한 말을 명심하고 행하면 된다. 알아들었느냐?"

"……."

"알아들었느냐고 물었다."

"예, 알겠습니다."

길게 한숨을 내쉰 옥청풍이 힘없이 고개를 끄덕였다.

　　　　*　　　*　　　*

동창의 안가를 떠난 뒤, 자신을 공격하는 두 무리의 적을 가볍게 처리하고 움직이던 무명신군이 문득 허공을 바라보았다.

구름 한 점 없이 맑은 날이었건만 태양은 보이지 않았다.

푸른 하늘, 뜨거운 태양을 대신해 온 하늘을 뒤덮은 것은 화살이었다.

반경 오십 장을 완벽하게 차단하며 내리꽂히는 화살은 도주 자체를 용납하지 않겠다는 의지처럼 보였다.

무명신군이 잠시 멈췄던 걸음을 다시 내딛기 시작했다.

순간, 그의 전신에서 형언할 수 없는 기세가 뻗어나더니 그를 중심으로 거대한 회오리가 일렁였다.

매섭게 내리꽂히던 화살이 회오리에 휘말려 힘없이 날아가거나 흔적도 없이 사라지기 시작했다.

사라진 화살보다 몇 배는 많은 화살이 빈자리를 메우며 재차 그를 노렸다.
그럼에도 무명신군의 태도는 변함이 없었다.
마치 산보라도 하듯 뒷짐을 지고 걷는 그의 모습엔 여유가 넘쳐흘렀다.
그렇게 얼마를 걸었을까?
자신을 향해 날아든 화살이 온 대지를 빼곡히 뒤덮으며 쏟아져 내렸음에도 정작 한 발의 화살도 접근시키지 않은 무명신군의 눈에 병진을 짜고 끊임없이 화살을 날리고 있는 자들의 모습이 들어왔다.
"역시. 내 생각이 맞았군."
무명신군의 입가에 쓴웃음이 지어졌다.
그토록 짧은 시간에 화살로 온 천하를 뒤덮을 수 있을 정도의 숙련된 궁수를 지닌 곳은 오직 관군(官軍)뿐이었다.
관과 무림은 불가침이라는 무언의 약속을 깨고 죽림은 기어코 관군을 개입시켰다.
어림잡아도 사오백은 되어 보이는 인원.
그 인원이 전부는 아닐 터. 천라지망에 동원된 관군은 모르긴 몰라도 몇 배는 더 될 것이었다.
그들 모두를 죽일 수는 없었다.
적진을 살피던 무명신군이 눈빛을 빛내며 팔을 홰홰 돌렸다.
그에게 날아오던 수십 자루의 화살이 그의 팔 동작에 따라

회전을 하더니 돌연 방향을 바꿔 군진을 향해 폭사되었다.
가히 빛살과도 같은 엄청난 속도였다.
피한다는 생각 자체를 할 수가 없을 정도로 무섭게 날아든 화살에 십수 명의 목숨이 그 자리에서 끊겼다.
일순 찾아온 침묵.
평생 전쟁터에서 굴러다니던 병사들이었지만 무인들의 싸움에 대해선 제대로 알지 못했기에 놀라움은 더욱 컸다.
그들이 상관의 호통에 정신을 차리고 다시 활을 들고 창을 곧추세우려 할 때 무명신군은 어느새 그들 코앞까지 진출해 있었다.
"움직이지 마라."
나직한 음성이었다.
그러나 그 음성을 듣지 못한 사람은 아무도 없었다.
모든 생명체를 옴짝달싹못하게 만든다는 백수의 포효처럼 귓가를 파고드는 무명신군의 한마디에는 뭔가 모를 힘이 깃들어 있었다.
"너는 누구냐?"
자신을 노리는 군진으로 거침없이 들어선 무명신군이 눈보다 흰 백마에 금빛으로 치장된 갑옷, 지금껏 피 한 방울 묻혀보지 못했을 것 같은 보검을 들고 부들부들 떨고 있는 장수에게 물었다.
"나, 나는……."

설마하니 이런 식으로 적과 코앞에서 조우하게 될 줄은 꿈에도 생각하지 못했던 장수는 어찌 대답을 해야 할지 감을 잡지 못하고 있었다.

귀찮다는 표정을 지은 무명신군이 다시 물었다.

"수하들을 물리겠느냐?"

"그, 그럴 수는……."

장수가 그로선 정말 하고 싶지 않은 대답을 한다는 표정을 지으며 뒷걸음질쳤다.

"그래? 그럼 할 수 없지."

무명신군이 무표정한 얼굴로 검을 들더니 그대로 내리쳤다.

그때였다.

"어르신!"

뒤에서 들려온 급박한 외침에 정수리로 내리꽂히던 무명신군의 검이 살짝 방향을 틀었다.

무명신군이 검을 치켜세울 때부터 이미 그 기세에 눌려 손가락 하나 까딱하지 못했던 장수는 자신의 옆을 스치며 지나간 검과 그 검이 남긴 흔적에 놀라 털썩 주저앉고 말았다.

"네가 이곳엔 어인 일이냐?"

자신의 검을 틀게 만든 사람이 옥청풍임을 확인한 무명신군의 눈꼬리가 좌우로 치켜 올라갔다.

"해야 하는 일이 있었을 텐데."

"어르신께서 적을 유인해 주신 덕에 일이 쉽게 풀렸습니다. 사방으로 흩어진 수하들이 곧 죽림의 정체를 세상에 폭로할 것입니다."

무명신군의 안색이 살짝 풀어졌다.

"너는 왜 왔느냐?"

"이들 때문에 왔습니다."

옥청풍이 바지에 오줌까지 지린 장수와 상황 판단을 제대로 하지 못하고 있는 병사들을 가리키며 말했다.

"천라지망에 관군이 동원된 것을 알고 황급히 달려왔습니다. 다행히 늦지는 않은 것 같군요."

장수에게 접근하는 동안 몇몇 병사들의 희생이 있었지만 무명신군이 본격적으로 손을 썼을 때를 생각하면 그건 피해라고 할 수도 없는 것이었다.

"이들은 그저 위에서 떨어진 명령에 따라 우리를 쫓은 이들입니다. 전후 사정도 제대로 모르지요. 하니, 용서를 해주시는 것이……."

"노부의 길만 막지 않는다면 이들을 해칠 이유가 없지 않겠느냐? 한데 저 멍청한 장수라는 놈이 기어코 벌주를 마시겠다고 하는구나."

무명신군이 스산한 눈초리로 여전히 주저앉아 일어날 줄 모르고 있는 장수를 노려보았다. 그는 감히 시선을 마주치지 못하고 고개를 숙인 채 부들부들 떨 뿐이었다.

장수의 상태로 보아 그와 제대로 말을 나누는 것은 불가능하다고 여긴 옥청풍이 주위의 병사들을 돌아보며 소리쳤다.
 "나는 황상의 명을 받들어 움직이는 동창의 영반(領班) 옥진풍이라고 한다. 너희들은 대체 무엇을 하고 있는 것이냐? 무림과 관부는 불가분의 관계라는 것을 모른단 말이냐? 지금 즉시 무기를 거두고 물러나라."
 동창이라는 한마디에 병사들의 안색이 확연히 변했다.
 근래 들어 동창의 위세가 조금 약해지기는 했으나 나라의 녹을 먹는 이들에게 동창이란 이름은 여전히 무시무시한 힘을 발휘하는 것이다.
 "화, 확인을 해봐도 되겠습니까?"
 제일 먼저 나가떨어진 장수의 부관이 미덥지 못한 표정을 지으며 말했다.
 옥청풍은 부관의 요청에 두말하지 않고 자신의 신분을 증명하는 명패를 내보였다.
 "왜, 위조된 것으로 보이느냐?"
 "아, 아닙니다. 틀림없습니다."
 명패를 확인한 부관이 공손히 허리를 꺾으며 말했다.
 "하오나 저희들도 명을 받아서……."
 "그 명을 내린 자, 또한 명을 받드는 자는 지휘 고하를 막론하고 역모로 다스려질 것이다. 감히 황상의 명을 받고 움직이는 분을 공격하려 하다니."

역모라는 한마디에 부관은 물론이고 주변 병사들의 얼굴이 하얗게 질렸다.

역모가 무엇인가!

자신은 물론이고 구족까지 멸문시킬 수 있는, 그야말로 한 가문의 씨가 마르게 할 수 있는 엄청난 죄목이 바로 역모였다.

"저, 저희들은 그, 그저 위에서……."

부관이 사색이 되어 말을 더듬었다.

"안다. 그렇기에 지금까지의 죄목은 눈감아주는 것이다. 하나, 황상의 지엄한 명을 알게 된 이후에도 똑같은 행동을 한다면……."

옥청풍은 말을 아끼며 부관을, 병사들을 위협적인 눈으로 쏘아보았다.

"아직도… 기다려야 하나?"

옥청풍의 말이 끝나기가 무섭게 부관이 소리를 질렀다.

"뭣들 하느냐? 당장 비키지 못하고. 활을 내려라. 창은 왜 쳐들고 있어!"

부관이 고래고래 소리를 지르며 닦달을 했지만 사실 그럴 필요는 없었다. 병사들 역시 눈이 있고 귀가 있는 터. 옥청풍의 얘기를 듣자마자 포위망을 풀고 납작 엎드린 자세로 길을 열었기 때문이었다.

"그대의 이름이 무엇인가?"

"지, 진송(秦松)이라 합니다."

"기억하지."

옥청풍이 진송의 어깨를 살짝 두드린 후, 아직도 정신을 차리지 못하고 있는 장수를 쏘아보았다.

"쯧쯧, 명색이 장수라는 자가 한심하기는. 가시지요, 어르신. 황상께서 주신 시간이 얼마 남지 않았습니다."

"허!"

무명신군은 자꾸만 황상 운운하는 옥청풍의 행동에 어이가 없었지만 일이 쉽게 풀린다는 생각에 굳이 토를 달지는 않았다.

관군의 포위망을 무사히 벗어난 무명신군이 옥청풍을 부르며 물었다.

"옥진풍? 그것이 네 본명이더냐?"

옥청풍이 씨익 웃으며 대답했다.

"본명은 옥청풍이 맞습니다. 옥진풍은 그저 동창에 있을 때 쓰는 이름이지요. 아무래도……."

"도둑놈의 이름을 버젓이 쓰고 다닐 수는 없었겠지."

가볍게 쏘아붙이는 무명신군의 말에 옥청풍은 민망한 웃음을 흘렸다.

"찾았다고?"

두 눈을 희번덕거리는 귀검의 얼굴에 귀기가 어렸다.

"예, 현재 남쪽으로 도주 중이라고 합니다."

"누가 쫓고 있느냐?"

"비응단주로 알고 있습니다."

"오진걸(吳振杰)이? 또 멍청하게 혼자 덤볐다가 비월단주처럼 되는 것은 아닌지 모르겠군."

귀검의 말에 곁에 있던 이십 초반의 청년이 피식 웃음을 터뜨렸다.

"설마 그럴라고요. 미치지 않고서야……."

"비월단주는 미쳐서 그렇다더냐?"

"하긴, 그도 그렇네요."

청년이 머쓱하여 물러나자 귀검이 무릎을 꿇고 있는 전령에게 물었다.

"넷째 형님은 어디에 계시느냐?"

"퇴로를 차단하신다고 벌써 남쪽으로 움직이신 것으로 압니다."

"허! 벌써? 단단히 각오를 하신 모양이군."

"형님, 우리도 가야 하지 않겠습니까?"

"가야지. 과연 내 검이 천하제일인이라는 자에게도 통하는지 너무 궁금하거든."

"아울러 일곱째 형님의 복수도 해야지요."

청년이 살기를 내뿜자 귀검이 무겁게 고개를 끄덕였다.

"우리 중 가장 고생을 많이 한 녀석인데. 후~ 군림천하를 앞두고 하필이면 그런 인물에게 걸려 개죽음을 당하다니."

무적팔위 중 유난히 성격이 까칠한 자신에게 가장 친근하게 굴었던 능위소를 떠올리는 귀검의 눈은 소름 끼칠 정도로 차갑게 가라앉아 있었다.

취리릿!
머리 위에까지 드리웠던 나뭇가지를 가르며 섬뜩한 검신이 튀어나와 무명신군의 정수리에 내리꽂혔다.
번뜩였다고 생각하는 순간, 이미 정수리에 도착했다고 착각하게 할 정도로 상당히 빠른 검이었다.
웬만한 고수라도, 설사 자기 자신에 대한 실력을 확신하는 자라도 최소한 지금과 같은 상황에선 조금은 놀랄 만도 했다.
하나, 그대로 걷고 있는 무명신군의 얼굴엔 표정이 없었다.
놀라기는커녕 아예 신경도 쓰지 않는 모습이었다.
오히려 놀란 것은 바로 뒤를 따르는, 그리고 그 역시 암습을 당한 옥청풍이었다.
퍽!
질그릇 깨지는 소리와 함께 무명신군을 공격하던 검이 산산조각이 나버렸다.
검이 그 지경에 이른 상황에서 검의 주인이 무사하기란 불가능한 일.
무명신군에게서 튕겨져 나가 힘없이 고꾸라지는 암살자의 모습은 처참했다.

얼굴의 절반이 날아갔고 사지는 제대로 붙어 있지 않았으며 온몸이 마치 칼로 난도질된 듯 엉망이었다.

옥청풍을 공격했던 자 역시 그와 마찬가지의 신세였다.

자신을 공격하던 자가 어째서 그 꼴이 된 것인지 의아했지만 옥청풍은 굳이 묻지 않았다.

그들의 죽음이 자신과는 전혀 상관이 없다는 듯 걸음을 늦추지 않고 걸어가는 무명신군의 태도에서 상황이 어찌 된 것인지 미루어 짐작할 수 있기 때문이었다.

그것이 시작이었다.

무명신군과 옥청풍이 지나는 곳은 황하 인근에 자리하고 있는 자그마한 숲이었다. 사실, 숲이라고 하기엔 규모도 작고 제대로 자란 나무도 드물었다. 다만 숲 중앙에 오래된 소나무들이 유일하게 군락을 이루며 자라고 있었는데 그 길이가 거의 오십여 장에 이르렀다.

무명신군을 잡기 위한 죽림의 정예가 그곳에 모여 있었다.

"조심해라."

무명신군이 옥청풍에게 경고를 보냈다.

"예."

옥청풍이 잔뜩 긴장한 표정으로 대답했다.

그도 느끼고 있는 것이다. 감출 것도 없다는 듯 노골적으로 쏟아지는 살기들을.

'어르신의 짐이 되어선 안 된다.'

옥청풍의 각오는 오직 그것 하나였다.

파파팟!

아홉 자루의 검이 땅을 뚫고 하늘로 솟구쳤다.

소나무 위에서도 십여 자루의 검이 무명신군과 옥청풍을 노리며 내리꽂혔고 사방에서 무수한 암기들이 날아들었다.

도합 이십 자루가 넘는 검이 밑에서 치솟고, 위에서 내리꽂히는 상황에서 그물처럼 전 방위를 차단하며 날아드는 암기들.

옥청풍의 안색이 파리하게 질렸다.

바닥을 뚫고 올라오는 검은 피할 수 있었다.

하늘에서 내리꽂히는 검도 피할 수 있었다.

엄청난 숫자이기는 해도 사방에서 쏟아져 오는 암기들도 운이 좋으면 피할 수 있을 것 같았다.

그러나 제각각이 아니라 한꺼번에 밀려드는 공격을 피한다는 것은 절대로 불가능했다.

그의 상식으로 그랬다.

무명신군의 걸음이 처음으로 멈춰졌다. 아니, 멈췄다기보다는 조금 느리게 발을 내딛었다.

무명신군은 그 발걸음에 천 근의 힘을 실었다.

쾅!

무명신군의 내공이 한껏 담긴 발걸음에 땅이 뒤흔들렸다.

땅속에 잠복해 있다가 암습을 하던 이들은 땅의 울림을 감당하지 못하고 칠공에서 피를 뿜으며 그대로 절명하고 말았다.

무명신군이 검을 휘둘렀다.
따땅!
땅속에서 치솟은 검이 일제히 두 동강이 나고 재차 검을 휘두르자 검에서 이는 압력에 부러진 검날이 허공으로 치솟았다.
퍽! 퍽! 퍽!
"크아악!"
소름 끼치는 비명과 함께 사방으로 피가 뿌려졌다.
땅에 처박혀 일어나지 못하는 자들의 심장엔 하나같이 부러진 검날이 박혀 있었다.
옥청풍은 멍한 눈으로 무명신군을 바라보았다.
발을 구르고, 들고 있던 검을 그저 두어 번 휘둘렀을 뿐이었다.
고작 세 번의 동작만으로 공격했던 자들을 완벽하게 멸살했다.
사방에서 쏟아져 오던 암기는 무명신군이 발을 구를 때, 그의 몸에서 뿜어져 나온 강기에 모조리 튕겨져 나간 상태였다.
'이런 무위는 정말…….'
무명신군의 엄청난 무위는 몇 번을 경험해 봐도 도저히 적응이 되지 않았다.

"뭐야? 붙었다고?"
속도를 높이며 무명신군이 움직이는 동선을 따라 달리고

있던 귀검은 오진걸이 수하들과 함께 무명신군을 공격하고 있다는 말에 화를 벌컥 내고 말았다.
 이미 비월단과 비웅단으로는 무명신군을 상대할 수 없다는 것은 증명이 된 상태였다.
 철저한 준비없이 싸우다간 괜스레 피해만 키울 것이 뻔했다.
 "오진걸이 미친 것 아닙니까?"
 주고휘가 황당하다는 표정으로 말했다.
 "제길, 어디냐?"
 "십 리 밖 송림입니다."
 "가자."
 귀검은 주고휘의 대답도 기다리지 않고 앞으로 쭉 빠져나갔다.
 한 번 걸음을 내딛을 때마다 십여 장씩을 쑥쑥 나아가는 그의 움직임에 그가 얼마나 조급해하는지 여실히 느껴졌다.

 오진걸 이하, 비웅단과 비월단의 고수들.
 스스로를 죽림의 최정예라 자부하는 그들은 목숨을 걸고 최강의 적을 맞이했다.
 며칠간의 추격전을 통해 그들은 눈앞의 상대가 얼마나 무시무시한 고수인지 너무도 잘 알고 있었다.
 철저하게 함정을 파고 치밀하게 안배된 함정을 이용하여

무명신군을 몰아붙였고 특히 옥청풍을 보호하느라 제대로 실력 발휘를 할 수 없었던 틈을 이용해 비월단주는 그에게 다소간의 부상도 입혔다.
 그것이 전부였다.
 그 정도의 성과를 얻기 위해 철벽을 연상케 할 정도로 막강한 전투력을 자랑했던 비월단의 단주가 목숨을 잃었고 비웅, 비월단을 합하여 전력의 오 할 이상이 순식간에 사라진 것이었다.
 무명신군을 바라보는 비월, 비웅단의 고수들은 지난 악몽을 떠올리며 침을 꿀꺽 삼켰다.
 정말 꿈에서라도 보기 싫은 인물이 다가오고 있었다.
 피할 수만 있다면 피하고 싶었다.
 무슨 수를 써서라도 피하고 싶었다.
 하지만 그럴 수는 없었다.
 두렵고 피하고 싶은 마음이 굴뚝같아도 피할 수는 없었다.
 무명신군에게 쓰러진 동료들의 복수를 해야 했다.
 불가능한 일일지라도 최소한 목숨을 걸고 시도는 해야 했다.
 단지 위에서 떨어진 명령 때문은 아니었다.
 그것이 바로 힘없이 쓰러져 간 동료들에 대한 예의였다.
 파스슷!
 무명신군의 검이 사선으로 그어졌을 때, 그를 중심으로 엄청난 검기가 주변을 휩쓸기 시작했다.

사방으로 비산하는 청광과 노도처럼 일어나 주변을 초토화시키는 검기의 물결은 실로 장관이었다.
당하는 사람에게는 악몽 그 자체였지만.
그래도 개개인이 절정의 고수라 자부할 수 있었던 비웅, 비월단원들의 반격도 만만치는 않았다.
저마다의 검에서 수십 줄기의 검기가 무명신군의 검기에 맞서 기세 좋게 뿜어졌다.
그러나 그들의 검에서 발출된 검기는 미증유의 거력, 오직 그것만으로 이해되고 표현될 수 있는 무명신군의 검기에 닿아 순식간에 사라지고 말았다.
눈 깜짝할 사이에 사라진 자신들의 검기, 그리고 그것을 집어삼키고 쇄도해 오는 청광을 보며 그들은 넋을 잃고 말았다.
두 번에 걸쳐 당하고서야 비로소 뼈저리게 느낀 것이다.
무명신군을 쓰러뜨린다는 것은 처음부터 불가능한 일이라는 것을.
파스스슷.
대기를 가르는 파공성과 청광.
그것이 비월단과 비웅단 대원들이 살아생전 듣고 본 마지막 광경이었다.
퍼퍼퍼퍽!
소름 끼치는 마찰음과 함께 산산조각난 검과 육편(肉片)이 허공으로 비산하고, 흘러내린 피가 바닥을 흥건히 적셨다.

그렇게 무명신군이 발출한 검기에 대항하던 동료들이 속속 쓰러지기 시작했을 때 나직한 기합성과 함께 마지막 생존자들의 공격이 무명신군을 향해 움직였다.

무명신군은 슬쩍 고개를 들어 그들을 바라보았다.

시선이 가는 곳에 검이, 검에서 뿜어져 나오는 검기가 향하고 있었다.

퍽!

대원들의 몸이 산산조각이 나며 그 피륙이 사방으로 흩어졌다.

옥청풍은 도저히 믿기지 않는 광경에 들고 있던 칼을 힘없이 늘어뜨리고 말았다.

적의 피가 흩뿌려진 주변은 마치 안개라도 핀 것처럼 붉은 기운이 일렁거렸다.

옥청풍은 무한한 존경과 두려움, 경외심을 가지고 무명신군의 뒷모습을 바라보았다.

무명신군의 검은 어느새 제자리로 돌아갔으며 잠시 멈춰졌던 발걸음도 움직이기 시작했다.

수하를 모두 잃은 오진걸이 최후의 승부수를 띄우기 위해 검을 곧추세웠다.

평생의 친구요, 선의의 경쟁자였던 비월단주의 죽음을 본 것이 얼마 전이었다.

지금껏 수백, 수천 번을 싸웠으나 제대로 승부를 보지 못했을 정도로 비월단주와 자신의 무위는 우열을 가리기가 힘들었다.

그런 비월단주가 삼십 초를 견디지 못했다. 비록 무명신군의 몸에 약간의 상처를 남기기는 하였으나 정상적인 싸움이었다면 절대 일어날 수 없는 일이라는 것을 알고 있었다.

비월단주가 삼십 초를 견디지 못했다면 그와 우열을 가릴 수 없는 자신 역시 삼십 초를 견디지 못할 것이 뻔했다.

그렇다고 물러설 수는 없었다.

함께 돌아갈 사람도 없었다.

비월단은 물론이고 비응단의 모든 대원이 몰살한 상황에서 구차하게 목숨을 부지하고 싶은 마음은 없었다. 그럴 바에는 차라리 장렬하게 산화하고 싶었다.

오진걸이 꽉 쥔 검에 힘을 주며 도약을 했지만 무명신군은 아예 신경도 쓰지 않는 눈치였다.

오진걸의 검이 무명신군을 향해 쇄도하고, 그 순간 옥청풍이 본 것은 환상처럼 흔들리는 무명신군의 몸과 그의 몸을 꿰뚫는 오진걸의 검이었다.

무명신군이 오진걸의 검에 당했다고 여긴 옥청풍은 자신도 모르게 눈을 질끈 감고 말았다.

하지만 오진걸의 검이 꿰뚫은 것은 표영이환보의 빠름으로 생긴 무명신군의 잔상일 뿐이었다.

오진걸이 상황을 직시하고 뒤늦게 검을 회수하려고 하였

을 때엔 이미 좌측으로 무명신군의 손길이 파고든 상태였다.
 피하기엔 늦었다고 생각한 오진걸이 호신강기를 일으키며 오히려 반격을 가했다.
 쾅!
철벽을 내려치는 소리와 함께 오진걸의 몸이 휘청거렸다.
 완전히 막을 수 있으리란 생각은 꿈도 꾸지 않았지만 호신강기를 뚫고 전해지는 압력이 상상을 불허했다.
 갈비뼈가 모조리 부러져 나가고 오장육부가 뒤틀렸으며 기경팔맥이 모조리 끊어져 나갔다.
 자신의 공격은 무명신군에게 생채기 하나도 남기지 못했다.
 오진걸은 그것으로 승부는 끝났다고 생각했다.
 단 한 사람에게 최고의 경쟁자이자 친우였던 비월단주가 죽었고 그와 자신을 따르는 죽림의 최정예가 모조리 몰살을 당했으며 자신도 곧 그들의 뒤를 따르게 될 것이다.
 허탈했다.
 사십 평생을 검 하나를 가지고 버텨온 지금, 이렇듯 허무하게 인생이 끝나리란 생각은 해본 적이 없었다.
 "크크크."
 오진걸의 입에서 뒤틀린 웃음소리가 흘러나왔다.
 그런 오진걸을 바라보는 무명신군의 눈빛에 약간의 연민이 흘렀다.

第六十三章
무명신군(無名神君) 2

짝짝짝!

난데없이 들려온 박수 소리에 무명신군의 눈빛이 다시금 착 가라앉았다.

오진걸에게 시선을 두고 있기는 했지만 적이 십여 장 가까이에 접근하도록 눈치를 채지 못했다는 것은 상대의 실력이 그만큼 뛰어나다는 것을 의미했기 때문이었다.

무명신군이 고개를 돌렸다.

여인의 나신이 화려하게 수놓아진 부채를 살랑거리며 걸어오는 중년인의 모습이 보였다.

그다지 크지 않은 키에 몸도 호리호리했으며 눈처럼 하얀

도포, 머리엔 문사건을 단정히 쓴 모습은 그저 붓이나 들고 평생을 서책과 씨름이나 하는 서생을 연상케 했다.

그러나 겉모습과는 달리 전신을 찌르르 울리는 예기를 감지 못할 무명신군이 아니었다.

중년인의 무공은 방금 쓰러뜨린 오진걸은 물론이고 그가 싸운 죽림의 고수 중 가장 강하리라 생각되는 능위소 이상이었다.

무명신군이 검을 가볍게 틀어쥐었다.

"핫핫핫! 정말 대단한 실력이외다. 내 지금껏 림주님만큼 강한 사람은 본 적이 없는데 실로 명불허전(名不虛傳)! 오늘에야 비로소 뭇사람들의 입에 오르내리는 천하제일인의 진면목을 보았소이다."

말투부터 너무 마음에 들지 않았다.

무명신군의 눈빛이 서늘해졌다.

"네놈은 누구냐?"

중년인이 정중하게 포권하며 대답했다.

"무적팔위 중 넷째, 검극도라고 하오."

"무… 적?"

무명신군의 입가가 살짝 비틀리는가 싶더니 검극도를 향해 그대로 검이 뻗어나갔다.

무명신군이 그렇듯 신속하게 공격을 할 줄은 상상도 하지 못한 검극도가 기겁을 하며 몸을 뺐지만 무명신군의 검은 집요하게 그를 노리며 짓쳐들었다.

　조금 전까지 여유있게 웃던 검극도의 얼굴은 당황스러움에 참담히 일그러져 있었다.

　그렇게 몇 번의 공방을 펼쳤을까?

　무명신군의 예상대로 검극도의 실력은 뛰어났다.

　극단적으로 수세에 몰린 상황에서, 몸 곳곳에 부상을 당하면서도 치명적인 부상은 하나도 없다는 것은 대단한 능력이 아닐 수 없었다. 특히나 공격을 하는 사람이 다름 아닌 무명신군이라는 것을 감안하면 더욱 그랬다.

　'젠장할!'

　검극도는 자신이 움직일 모든 방위를 미리 차단하며 밀려드는 검을 보면서 이를 악물었다.

　뭔가 반전을 꾀해야 했다.

　만약 시간이 조금 더 흐른다면 반격은커녕 무명신군이 내뿜는 기세에 압살당할 것이 뻔했다.

　다행히 수하들이 그의 위기를 외면하지 않았다.

　무명신군을 향해 무수한 검이 날아들고 그가 어쩔 수 없이 검을 회수해 방어를 하는 틈을 이용해 미친 듯이 땅을 굴러 공격권에서 간신히 벗어날 수 있었다.

　"무적이라……."

　들고 있던 부채는 온데간데없고 온몸이 흙투성이가 된 검극도를 보며 무명신군이 조소를 보냈다.

"땅을 구르는 재주만큼은 무적이구나."

검극도는 아무런 대꾸를 하지 못했다.

수하들의 도움으로 겨우 목숨을 구한 그는 화를 내지도, 웃으면서 되받아쳐 줄 여유도 없었다.

"뇌화멸극진(雷火滅極陣)을 펼친다."

검극도의 입에서 명이 떨어지는 것과 동시에 여섯 명이 한 조가 되어 펼치는 뇌화멸극진이 만들어졌고 각각의 뇌화멸극진이 모여 또다시 하나의 거대한 뇌화멸극진을 형성했다.

'음.'

가쁘게 숨을 들이켜는 옥청풍의 안색이 창백해졌다.

뇌화멸극진은 숨조차 쉬기 힘들 정도로 주변을 압박해 왔다.

보기만 해도 가슴이 서늘한 검광이 연신 번뜩이고 검풍이 사위를 휩쓸었다.

지금껏 많은 표정을 보이지 않던 무명신군도 조금은 긴장한 듯했다.

하지만 그것도 잠시, 뇌화멸극진이 어떤 합격진인지는 몰랐지만 어차피 뚫고 지나가야 할 장애물에 불과했다.

검이 움직였다.

한 번쯤 합격진의 위력을 살펴보고자 하는 탐색 과정도 없었다.

무명신군은 처음부터 작정하고 합격진과 맞부딪쳤다.

꽈꽈꽝!

무명신군의 검이 여섯 명의 기운이, 아니, 엄밀히 말하자면 뇌화멸극진을 형성하고 있는 모든 적의 기운이 한데 모인 검에 부딪치며 거대한 폭발을 일으켰다.

무명신군은 내력으로써 충분히 검을 보호했다고 여겼지만 상대의 기운을 감당하지 못하고 흔적도 없이 사라져 버렸다.

"아!"

옥청풍의 입에서 안타까운 탄성이 흘러나왔다.

무명신군의 검이 처음으로 산산조각이 나는 광경을 보았기 때문이었다.

그가 보기엔 분명 적에게 승기가 있었다.

한데 그 순간, 검과 검이 부딪친 틈을 이용해 무명신군의 손이 환상처럼 뇌화멸극진을 파고들었다.

처음부터 용인하지 않는다면 모를까 합격진 안에 무명신군의 손끝을 허락한 순간 이미 끝장난 것이나 다름없었다.

퍼퍼퍼퍽!

묵직한 격타음과 함께 귀를 찢는 비명 소리가 터져 나왔다.

하늘 높이 치솟았던 검광은 어느새 자취를 감추었고 검풍이 난무하던 곳엔 하나같이 가슴이 뭉개진 여섯 구의 시신만이 남아 있었다.

우우우웅!

우레가 치는 소리와 함께 주변의 공기가 떨리기 시작했다.

한 개의 뇌화멸극진을 단숨에 쓸어버린 무명신군은 그 기세를 몰아 나머지 합격진을 무차별적으로 공격하기 시작했다.

태산이라도 단숨에 무너뜨릴 수 있을 정도로 강맹한 풍뢰신장의 절초 뇌전풍뢰가 합격진을 뒤흔들고, 뇌전분혼의 날카로움이 흔들린 틈을 파고들어 가 적을 격살했다.

"크아아아아!"

뇌전분혼에 적중당한 이들의 입에서 처절한 비명이 터져 나왔다.

그 비명을 뒤로한 채 걸음을 옮긴 무명신군의 공격에 또 하나의 합격진이 뿌리째 뒤흔들렸다.

퍼퍼퍽!

무명신군의 손이 휩쓸고 간 곳에 멀쩡히 남아 있는 사람은 아무도 없었다.

머리가 흔적도 없이 사라지고, 가슴이 짓뭉개지고, 쩍 갈라진 배에선 산산조각난 오장육부가 흘러나왔다.

너무도 끔찍한 광경에 옥청풍은 두 눈을 질끈 감고 말았다.

반 각도 되지 않아 세 개의 뇌화멸극진, 도합 열여덟 명의 목숨이 흔적도 없이 사라졌다.

그에 반해 적의 피로 온몸을 적신 무명신군은 상처 하나 없이 멀쩡했다. 오히려 시간이 갈수록 몸에서 발산되는 기세는 더욱 살벌하게 변하고 있었다.

저벅. 저벅.

무명신군이 발걸음을 내딛자 박자를 맞추기라도 하듯 뇌화멸극진도 뒤로 물려졌다.

그러기도 잠깐, 순식간에 또다시 두 개의 합격진이 박살이 났다.

"무, 물러나라."

더 이상 버틸 여력이 없었던 검극도가 떨리는 음성으로 퇴각 명령을 내렸다.

이제 남은 수하들이라고 해봐야 고작 여섯 명.

여섯 개의 뇌화멸극진 중 하나만 남은 상태였다.

검극도의 명을 받은 수하들이 합격진을 해제하고 황급히 물러났다.

무명신군은 도주하는 그들을 쫓지 않았다.

그저 숲을 빠져나와 황하를 향해, 숭산의 소림사를 향해 움직일 뿐이었다.

"후~ 과연 천하제일인이란 말인가?"

귀검이 꽁지가 빠져라 도망치는 검극도와 그의 수하들을 보며 혀를 내둘렀다.

검극도와 자신의 실력을 비교하자면 백지장 하나 차이 정도지만 그래도 밀리는 것이 사실이었다. 그런 실력자가 비참하게 꼬리를 말고 있었다. 그를 그림자처럼 따라다니는 수하들의 수가 형편없이 줄어든 것을 보면 이미 크나큰 패배를 당한 듯했다.

"오진걸이 이끄는 병력도 끝장난 모양입니다."

주고휘의 말에 귀검이 고개를 끄덕였다.

"넷째 형님이 저 꼴로 물러날 정도면 뻔한 것이지."

"생각보다 너무 강합니다."

주고휘는 거의 무려 오십여 장을 격하고 있음에도 온몸에 소름이 돋게 만드는 무명신군의 기세에 경악을 금치 못했다.

"그러게. 강해도 너무 강한 것 같다."

얼마 전까지 무명신군을 통해 자신의 실력을 시험해 보겠다는 둥 큰소리를 쳤던 모습과는 다르게 귀검 역시 잔뜩 위축된 모습이었다.

"혼자서는 결코 감당할 수 없을 것 같습니다."

귀검의 자존심을 생각해서인지 주고휘는 합공을 하자는 뜻을 에둘러 말했다.

"그래. 무명신군을 반드시 잡으라는 림주님의 명을 따르자면 어쩔 수 없을 것 같다."

홀로 승부를 하지 못하는 것을 림주의 명 때문이라는 구차한 핑계를 댄 귀검이 퇴각하고 있는 검극도와 합류를 했다.

"많이 당하셨습니다."

귀검의 말에 검극도가 낯빛을 살짝 붉혔다.

"그리되었다."

"방심을 하신 겁니까?"

"아니, 방심이 아니다. 난 전력을 다해 부딪쳤어. 상대가 너무 강한 탓이다."

쓸데없이 핑계를 대봤자 자존심만 더 상한다는 것을 알고 있는 검극도가 당당히 패배를 인정했다.

"그래도 피해가 너무 크지 않습니까?"

추궁하듯 말하는 귀검의 태도가 마음에 들지 않았는지 검극도의 눈썹이 하늘로 치켜 올라갔다.

"내 꼴이 우스운 모양이군. 하긴, 내가 봐도 그러니 오죽할까? 하지만 직접 겪어보지 않고 함부로 얘기하지 마라. 나나 수하들은 최선을 다했다. 정 믿기 힘들면 직접 부딪쳐 봐."

"못할 것도 없습니다만."

검극도와 귀검의 감정이 악화된다는 생각에 주고휘가 얼른 끼어들었다.

"자자, 그만 하시지요. 적을 코앞에 두고 분란이라니요. 림주께서 아시면 엄히 추궁하실 겁니다."

주고휘의 말이 효과가 있는지 서로를 노려보며 팽팽하게 대치하던 검극도와 귀검이 슬그머니 시선을 거두었다.

잠깐의 어색함이 흐르고, 주고휘의 적극적인 중재로 무적팔위 중 세 명이 무명신군을 상대하기 위해 본격적으로 머리를 맞대기 시작했다.

"일반적인 방법으론 어림도 없다. 그렇게 상대할 수 있는 인물이 아니야."

무명신군과 직접 상대를 하면서 그의 강함을 뼈저리게 느낀 검극도가 한숨을 내쉬며 말했다.

"대체 어느 정도로 강한 것 같습니까?"

귀검이 궁금함을 참지 못하고 물었다.

잠시 머뭇거리던 검극도는 무명신군을 잡기 위해서라면 그의 실력을 정확히 알려야 한다는 생각을 했다.

"림주님보다… 강할 것 같다."

"……"

귀검은 침묵을 지켰고, 주고휘는 입을 쩍 벌리며 놀랐다.

어릴 적부터 림주와 실전 훈련을 통해 실력을 쌓은 무적팔위는 다른 누구보다 림주의 실력을 잘 알고 있었다.

개개인이야 감히 상대할 수 없을 정도였지만 객관적으로 비교해 볼 때 무적팔위 중 세 명이라면 동수, 네 명이라면 필승을 자신한다고 여겼다. 한데 검극도는 무명신군이 그런 림주보다 더 강한 실력을 지녔다고 말하고 있는 것이다.

"하면 우리들의 합공도 필승을 자신할 수 없다는 말 아닙니까?"

"그렇지는 않을 거다. 저쪽도 많이 지쳤으니까. 내색은 하지 않고 있지만 분명 내력도 많이 소비했다. 처음의 공격과 마지막 공격엔 분명 큰 차이가 있었어. 게다가 우리만 있는 것도 아니고."

검극도가 귀검과 주고휘의 수하들을 가리키며 말했다.

"이거야 원."

무적팔위 중 그 누구보다 냉철한 판단력을 자랑하는 검극도의 말이었기에 귀검은 그의 판단을 의심하면서도 믿지 않을 수가 없었다.

"결국 이길 수 있는 방법이 차륜전뿐이라는 말인데… 인근에 동원할 수 있는 인원이 몇이나 있지?"

"포위망의 범위가 너무 넓어서요. 음, 그래도 지금 당장 연락을 취해 이쪽으로 모두 불러 모으면 대략 사오백은 될 겁니다."

주고휘의 대답에 귀검이 검극도에게 시선을 돌렸다. 검극도가 고개를 끄덕이자 귀검이 말을 이었다.

"모두 불러 모아. 아, 관군은 부르지 마라. 그들이 우리의 수족과 같다지만 피해가 늘면 쓸데없이 일만 커질 수 있다."

"예."

"그리고… 류염(流炎)."

귀검의 부름에 전신을 검은 천으로 칭칭 동여맨 사내가 앞으로 나섰다.

"그거 준비해라."

"그것이라 하시면… 아, 알겠습니다."

고개를 갸웃거리던 류염이 곧 귀검의 말뜻을 깨닫고 허리를 꺾었다.

"준비라니?"

검극도가 물었다.

"지난번, 초혼살루를 털면서 재밌는 물건을 보았지요. 그냥 쓸 만하다 싶어 몇 개 가지고 왔는데 생각보다 요긴하게 쓸 것 같군요."

어깨를 으쓱이는 귀검의 얼굴엔 자신감이 가득 차 있었다.

무명신군이 또다시 적과 조우한 곳은 황하가 눈앞에 보이는 강변이었다.

유난히 강폭이 넓어 대황하(大黃河)라 불리는 곳.

무명신군과 옥청풍이 드넓은 갈대밭에 진입했을 때 미리 매복을 하고 있던 죽림의 무인들도 모습을 드러냈다.

"많… 군요."

옥청풍이 갈대밭을 뒤덮은 적들을 보며 한숨을 내쉬었다.

언뜻 보기에도 수백은 족히 될 것 같았다.

끝났다 싶으면 또다시 밀려오는 적의 집요함은 정말로 지긋지긋했다.

"온다. 다들 조심들 해."

손에 두 개의 쇠구슬을 들고 있는 류염의 음성엔 긴장감이 가득했다. 그만큼 그와 수하들이 들고 있는 쇠구슬은 위험했다.

무명신군이 가까이 접근하자 류염이 귀검을 바라보았다.

귀검이 고개를 끄덕이고 마른침을 꿀꺽 삼킨 류염이 들고 있던 쇠구슬을 무명신군을 향해 던졌다.

그것을 시작으로 십여 개의 쇠구슬이 꼬리를 물고 무명신군을 향해 날아갔다.

비월단이나 비응단에 비해 다소 손색이 있어도 류염을 비롯하여 쇠구슬을 던지는 이들 중 고수가 아닌 자들이 없었다. 그것을 증명이라도 하듯 무명신군을 향해 나아가는 쇠구슬의 속도는 가히 섬전을 방불케 했다.

"어르신!"

옥청풍이 깜짝 놀라 부르짖었다.

하지만 그가 알고 있는 것을 모를 리 없는 무명신군이었다.

어느새 갈댓잎을 꺾어 든 무명신군이 자신을 향해 쇄도하는 쇠구슬을 향해 가볍게 뿌렸다.

류염이 던진, 초혼살루가 다수의 적을 상대하기 위해 만들어낸 독탄이 갈대와 부딪치며 허공에 뿌려졌다.

눈에 보이지 않는 독연이 삽시간에 주변으로 퍼져 나갔다.

"숨을 쉬지 마라."

무명신군이 옥청풍을 향해 경고를 했다.

앞선 세 개의 쇠구슬이 독탄이라면 후미에 따라오는, 무명신군을 직접 노린 것이 아니라 그의 주변에 떨어져 내린 것은 화탄이었다.

꽈꽈꽝!

비록 금지화기인 독왕뢰, 열화굉천뢰, 마화염폭에 비할 바는 아니나 십여 개의 화탄이 한꺼번에 터진 위력은 그야말로 경천동지할 지경이었다.

즉시 옥청풍을 잡아끈 무명신군이 삼원무극신공을 극성으로 끌어올리고, 그를 중심으로 피어난 강기막이 그와 옥청풍의 전신을 휘감으며 주변으로 퍼져 나갔다.

쫘쫘쫘쾅!!

연쇄적으로 폭발한 화탄이 무명신군의 호신강기를 강타했다.

드넓은 갈대밭도 초토화되기 시작했다.

하늘 높은 줄 모르고 불길이 치솟고, 황하의 도도한 물줄기가 요동칠 정도로 무지막지한 위력.

순식간에 덮친 화마에 무명신군과 옥청풍의 신형은 흔적도 보이지 않았다.

한참이나 뒤로 물러나 결과를 지켜보는 무적팔위와 그의 수하들은 무명신군의 최후를 믿어 의심치 않았다. 아니, 목숨을 건지더라도 피와 살로 이루어진 인간이라면 최소한 중상은 면치 못하리라 여겼다.

"끝난 겁니까?"

주고휘가 다소 실망스런 표정으로 물었다.

"글쎄. 두고 봐야지. 곧 알 수 있을 거다."

귀검이 무명신군이 서 있던 곳에 두 눈을 고정시킨 채 대답했다.

 오 장여까지 치솟았던 불길이 잦아들기 시작하고 미친 듯이 흩날리던 갈대 파편과 황토먼지들도 차츰 사그라들 때였다.
 "마, 말도 안 돼!"
 독탄을 던졌던 류염의 입에서 경악성이 흘러나왔다.
 반경 십여 장이 넘는 갈대밭이 마치 화산 폭발을 일으킨 것처럼 깊게 패어 있었다.
 한데 오직 한곳, 무명신군과 옥청풍이 딛고 있는 장소만큼은 아무런 이상이 없었다. 비록 열기로 인해 갈대들이 힘없이 말라 비틀어졌지만 주변 갈대가 흔적도 없이 타버린 것에 비하면 너무도 양호한 상태였다.
 물론 화탄의 폭발력을 고스란히 받아낸 무명신군의 몸은 정상이 아니었다.
 제아무리 막강한 호신강기라 해도 반경 십여 장을 완벽하게 초토화시키는 화탄의 힘을 온전히 견뎌내기란 불가능했다. 게다가 연속적으로 뇌화멸극진을 뚫느라 상당한 내력을 소모한 터. 다른 누구도 아닌 무명신군이기에 이만큼이나 버텨낸 것이었다.
 어쨌건 그 폭발 속에서 멀쩡히 살아남은 무명신군을 보며 죽림의 무인들은 경악을 금치 못했다.
 그들 눈에 비친 무명신군은 인간이 아닌 괴물이었다.

"시작하자. 쓰러뜨리지 못하면 우리가 죽는다."

짧은 탄식을 내뱉은 검극도가 칼을 움켜쥐며 말했다.

검극도의 말에 겨우 정신을 수습한 귀검과 주고휘가 수하들에게 공격 명령을 내렸다.

"공격! 공격하랏!"

명이 떨어지자 팔방에서 대기하고 있던 이들의 공격이 일제히 시작됐다.

"시답잖은 물건 따위나 사용하는 놈들."

천지를 들썩이게 만드는 무명신군의 호통은 상처 입은 노호(怒虎)의 포효와도 같았다.

무명신군이 팔을 휘돌려 갈댓잎을 한가득 말아 쥐었다. 그리곤 빙글 몸을 회전시키면서 사방으로 갈대를 뿌렸다.

무명신군의 내력이 실린 갈대는 더 이상 갈대가 아니었다.

그 어떤 화살보다 빨랐고, 암기보다 은밀했으며, 검기만큼이나 날카롭고 강맹한 힘을 지니고 있었다.

파스스스스.

대기를 가르며 날아간 갈댓잎은 거침없이 적을 쓸어갔다.

곳곳에서 끔찍한 비명이 터져 나오며 선두에 섰던 이들이 모조리 숨이 끊어졌다.

쓰러진 이들의 미간에, 목덜미에, 심장에 무명신군이 던진 갈댓잎이 박혀 있었다.

연거푸 날아오는 갈댓잎에 죽림의 무인들은 어찌 대적해

야 할지 감을 잡지 못했다.

피한다고 피해지지를 않았다.

각각의 갈대들은 마치 생명이 있는 것처럼 방향을 틀어 피하면 그때마다 집요하게 따라붙었다.

"이, 이런 말도 안 되는······."

귀검과 주고휘의 얼굴이 참담하게 일그러졌다.

눈 깜짝할 사이에 오십 명도 넘는 인원이 쓰러졌다.

동원한 전력의 일 할밖에 안 되는 인원이었지만 그들이 한 것이라곤 그저 소리를 지르며 내달리다 허무하게 목숨을 잃은 것이 전부였다.

무엇보다 무명신군에게 기세를 완전히 빼앗겼다는 것이 심각한 문제였다.

그것을 증명이라도 하듯 더 이상 무명신군을 향해 달리는 자들이 없었다. 오히려 무명신군이 움직일 때마다 어떻게든 휩쓸리지 않기 위해 움찔거리는 자들만이 속출했다.

수하들의 어처구니없는 행동에 어떤 지시를 내려야 할지 잠시 혼란에 빠졌던 귀검은 즉시 검을 빼 들어 후퇴하는 수하의 목을 가차없이 베어버렸다.

"물러서지 마라. 물러서면 죽는다. 공격, 공격하랏!"

어떤 희생을 치르더라도 반드시 무명신군을 잡아야 했다.

지금 놓치면 앞으로도 잡을 가능성이 없었다.

또한 무명신군을 쓰러뜨리는 것만이 지금껏 당한 막대한

피해를 보상하고 처참하게 무너진 죽림의 명예를 회복할 수 있는 유일한 길이었다.

주고휘의 생각도 그와 같았는지 도주가 아닌, 단지 멈칫거렸다는 이유만으로도 수하들의 목을 베어버리며 소리쳤다.

"뭣들 하느냐? 공격하란 말이다!"

주변의 동료들이 적이 아닌 상관에 의해 죽어나가자 전체적인 분위기가 급반전하였다. 어차피 죽을 것이라면 조금이라도 가능성이 있는 곳에 승부를 걸자는 생각이 팽배해졌다.

두려움은 용기를 낳았고 곧 무모한 행동으로 이어졌다.

"아아아아!"

한 사내가 괴성을 지르며 무명신군을 향해 달려들었다.

그것을 시작으로 수백의 무인들이 일제히 돌진하기 시작했다.

"멍청한!"

나직한 외침에 옥청풍이 흠칫 놀라며 무명신군을 돌아보았다.

무명신군의 두 눈에선 엄청난 분노의 불길이 일고 있었다.

무명신군은 지금 화가 나서 참을 수가 없는 지경이었다.

수하들이 개죽음을 당할 것을 알면서도 무조건 전장으로 내모는 귀검 등의 행위에 실망을 했고, 특히나 정예들은 뒤로 빼놓고 가장 약해 보이는 자들로 하여금 선봉에 서게 하는 것엔 욕지기가 치밀어 올랐다. 또한 자신들이 한낱 미끼에 불과하다는 것도 모른 채 몇 마디 명령에 무작정 달려드는 이들의 무지에 대한 분노가 미친 듯이 들끓었다.
"칼을."
무명신군이 손을 내밀자 옥청풍이 얼른 자신의 칼을 내밀었다.
손끝을 타고 오르는 싸한 느낌에 무명신군의 눈길이 옥청풍이 건넨 칼로 향했다.
"주작도(朱雀刀)라고 합니다. 황상께서 하사하신 칼이지요."
옥청풍이 어깨를 살짝 으쓱이며 말했다.
"괜찮군."
무명신군이 고개를 끄덕였다.
괜찮은 정도가 아니었다.
그와 도극성이 익힌 무적의 도법 붕천삼식은 막대한 내공을 필요로 하는 것 이상으로 그 힘을 감당할 수 있는 강한 칼이 필요했기 때문이었다.
우우우우우웅!
새로운 주인이 마음에 들었는지 무명신군의 손에 들린 칼에서 웅휘한 도명이 울려 퍼지기 시작했다.

* * *

"준비는 되었느냐?"

"예, 일러주신 대로 모든 것을 끝냈습니다."

제갈현음이 공손히 대답했다.

"허허, 내일이면 사제를 볼 수 있겠군. 수십 년 만인데 나를 알아볼지 모르겠어. 아무튼 애썼다. 한데……."

가볍게 웃던 호연백이 돌연 미소를 지우며 물었다.

"무명신군과의 싸움은 어찌 되고 있느냐?"

묻는 호연백의 안색이 가히 좋지 않았다. 들려오는 소식이라곤 하나같이 누가 죽었느니, 패했느니 하는 전혀 마음에 들지 않는 것들뿐이었기 때문이다.

제갈현음의 표정 또한 밝지는 않았다.

"아직… 하나, 이번엔 틀림없을 것입니다. 무적팔위 중 세 명이 모였습니다. 제아무리 강한 무명신군이라고 해도 버티기 힘들 것입니다."

"그렇게 되면야 다행이지만… 어쨌건 이번 일로 우리의 정체가 무림에 알려지는 것은 막기 힘들겠군."

"아마도 그럴 것 같습니다."

"하면 일전에 네가 말했던 것처럼 일이 복잡해지기 전에 암흑마교를 접수하는 것이 좋겠구나."

"시작합니까?"

"그래. 어차피 이리된 것. 더 이상 음지에 있을 필요는 없겠지."

"알겠습니다. 바로 조치하겠습니다."

"문제는 없겠느냐?"

"이미 모든 준비가 끝난 것으로 압니다. 다만 한 가지 걸리는 것이 있습니다만."

"무엇이냐?"

"암흑마교의 소교주라 불리는 담사월의 행방이 묘연합니다."

"담사월? 그 파군성을 타고났다는 아이 말이냐?"

"예. 신산을 무던히도 괴롭히더니만 이십여 일 전부터 행방을 감췄다고 하더군요."

"음, 하후천이 사라지더라도 녀석이 존재한다면 분명 문제가 될 수 있겠군."

"그렇습니다. 명색이 소교주니 말이지요."

"어쨌든 신중하게 처리하라고 해. 근래 들어 실수하는 일들이 많아 영 불안하구나. 암흑마교는 무림을 장악하기 위해 꽤나 소중한 전력이 될 터. 실수는 용납되지 않아."

"명심하겠습니다."

제갈현음이 긴장된 표정으로 명을 받자 호연백이 살짝 굳었던 안색을 폈다.

"한데 적홍 이 녀석은 대체 뭘 하기에 아직까지 연락이 없단 말이냐?"

"연락이 끊긴 지 꽤 되었습니다."

"한심하기는……."

"중간에 올라온 보고를 보면 인근에서 암약하던 암흑마교의 제자들이 도주하는 자를 돕기 위해 나섰다고 합니다. 아무래도 적홍이 쫓는 자가 암흑마교의 인물인 듯싶습니다."

"흠, 지난번 그 녀석의 행적을 뒤쫓아온 놈인가 보군."

호연백의 뇌리에 최초로 백가암을 침범한 마혼의 모습이 잠시 떠올랐다.

"그런 것 같습니다."

"흠, 일을 서두르기로 결정한 것은 잘한 것 같구나. 한심한 녀석. 그깟 간자 하나를 잡지 못해서. 쯧쯧."

혀를 차는 호연백은 꿈에도 몰랐다.

적홍은 이미 검후의 검에 의해 싸늘한 시신으로 변했다는 것과 그가 쫓고 있던 인물이 다름 아닌 바로 담사월이라는 것을.

*   *   *

"아아."

옥청풍이 할 수 있는 것이라곤 그저 입을 쩍 벌린 채 연신 감탄사를 터뜨리는 것뿐이었다.

그는 지금 무명신군의 뒤를 따라 걷고 있었다.

무명신군이 지난 길은 시산혈해, 혈로(血路) 그 자체였다.

무수히 많은 시신들이 처참한 형상으로 쓰러져 있었고 그들이 쓰던 병장기는 주인을 잃은 채 아무렇게나 버려져 있었다.

무명신군을 공격했던 이들 중 살아남은 사람은 거의 없었다.

작심하고 살수를 뿌리는 그의 칼 아래 버텨낸 사람은 그야말로 극소수에 불과했다.

무명신군은 지금껏 수하들을 희생시키며 기회를 엿보는 무적팔위를 향해 일직선으로 나아갔다.

취리리릿!

기괴한 파공성과 함께 두 개의 물체가 발밑으로 낮게 깔리며 날아들었다.

월아(月牙)라 불리는 초승달 모양의 날을 서로 교차시켜 만든 원앙월(鴛鴦鉞)이었다.

보통 자모원앙월이라고 부르는 무기로 무적팔위 중 막내 주고휘의 애병이었다.

놀란 뱀이 풀숲을 가르며 사라지는 것처럼 순식간에 갈대들 사이로 모습을 감춘 원앙월.

갈대를 헤치며 내는 소리만이 섬뜩하게 들려올 뿐이었다.

발걸음을 멈춘 무명신군이 모습을 감춘 원앙월의 기척을 찾고 있을 때 정면에서 검극도와 귀검이 달려들었다.

검극도의 무공은 가녀린 외모와는 다르게 힘을 위주로 했고 귀검은 쾌검을 구사했다.

무명신군의 목을 노리며 일직선으로 날아오는 귀검의 검.

무명신군의 눈에 이채가 떠올랐다.

오랜 세월 동안 수많은 쾌검수들을 보아왔으나 귀검의 검처럼 빠른 검은 좀처럼 보기 힘들었다. 빠르기로만 따지자면 무림에서 적어도 세 손가락 안에 능히 들 만한 실력이었다.

무명신군이 슬쩍 몸을 빼며 예봉을 피했다.

귀검이 그 즉시 검의 방향을 틀며 연거푸 다섯 번을 찔러왔다.

좌로 세 걸음, 우로 또다시 두 걸음을 움직이며 귀검의 공격을 피한 무명신군이 반격을 하려 할 때, 머리 위에서 검극도의 칼이 떨어져 내렸다.

쾅!

무명신군과 검극도의 칼이 허공에서 부딪쳤다.

그 순간, 좌측과 우측 발밑에서 사라졌던 원앙월이 불쑥 튀어 올라왔다.

따땅!

호신강기에 부딪친 한 쌍의 원앙월이 금속성을 내며 튕겨져 나갔다.

무명신군의 얼굴이 살짝 일그러졌다.

원앙월에 실린 힘이 장난이 아닌 터. 비록 호신강기를 뚫고 들어오지는 못했지만 충격을 주기엔 충분했다.
 비릿한 기운이 목구멍을 타고 오르는 것을 보면 내상이 제법 심했다.
 그 틈에 귀검의 검이 좌측에서 다시 모습을 드러냈다.
 보였다고 생각하는 순간, 이미 옆구리를 파고들었다.
 무명신군의 왼손이 귀검을 향하여 움직이고 굉음과 함께 무시무시한 장력이 발출되며 귀검을 압박했다.
 귀검은 무명신군의 공격을 무시했다.
 육참골단(肉斬骨斷). 말 그대로 살을 주고 뼈를 깎을 각오였다.
 퍽!
 육중한 타격음과 함께 귀검의 몸이 그대로 나가떨어졌다. 나름 호신강기로 몸을 보호했지만 무명신군의 풍뢰신장은 호신강기 따위에 막힐 무공이 아니었다.
 "크으으."
 왼쪽 팔을 부여잡고 일어나는 귀검의 입에서 고통스런 신음이 흘러나왔다.
 '제, 제길……'
 살을 주었지만 뼈를 깎지는 못했다.
 자신의 검은 무명신군의 호신강기를 뚫지는 못했다.
 타격을 입힌 것은 분명하나 치명적이지는 않았다.
 그에 반해 무명신군에게 노출된 왼쪽 어깨는 완벽하게 뭉개져 버렸다. 어쩌면 영원히 팔을 쓸 수 없을지도 몰랐다.
 실로 엄청난 계산 착오, 당해도 이렇게 심각하게 당할 줄은 생각하지도 못했다.
 하지만 귀검이 스스로를 희생하여 기회를 만든 것은 틀림없었다.
 비록 그의 검이 호신강기를 뚫지는 못했으나 그 순간, 무명신군은 약간의 틈을 보이고 말았다.
 붕천삼식의 위력에 막혀 별다른 활약을 펼치지 못하던 검극도는 자신에게 찾아온 천재일우의 기회를 놓칠 생각이 없었다.
 검극도는 혼천묵공(渾天墨功)으로 불러 모은 기력을 기경팔맥에 고루 보내며 애도 강설(强雪)을 꽉 움켜쥐었다.
 기경팔맥을 따라 도도히 흐르던 거력이 강설에 집중되고 어느 순간, 강설의 도신 위로 넉 자 길이의 도강이 피어올랐다.
 "음."
 도강을 본 무명신군의 입에서 나지막한 신음이 흘러나왔다.
 강한 것은 알고 있었지만 설마하니 도강을, 그것도 넉 자 가까이 만들어낼 줄은 생각지 못한 것이었다.
 연이은 공격으로 오장육부가 흔들리고 기경팔맥의 흐름이 원활하지 못한 지금 도강이라면 큰 위협이 아닐 수 없었다.

그렇다고 무작정 피할 수는 없었다.

표영이환보라면 별다른 피해 없이 공세를 벗어날 수 있겠지만 상대는 검극도만이 아니었다. 호시탐탐 기회를 엿보다 검극도와 감응하여 쇄도하는 주고휘의 원앙월이 그것을 가만히 두고 보지 않을 것이고 부상을 당했다지만 귀검 역시 언제든지 쾌검을 날릴 수 있는 능력이 있었다.

하지만 무엇보다 자존심이 이를 허락하지 않았다.

검극도의 도강을 보고 결정을 내리기까지 걸린 시간은 찰나에 불과했다.

휘우우우웅!

주작의 울음과도 같은 청명한 도명이 울리기 시작했다.

대기가 요동치며 난데없는 회오리가 무명신군 주변에 몰아쳤다.

삼원무극신공의 막강한 공능이 유감없이 발휘되자 칼을 통해서 뿜어져 나오는 기세는 감히 논하기가 힘들 정도였다.

취이이잇!

주고휘의 손을 떠난 원앙월이 화려한 비상을 시작했다.

주고휘가 익힌 화령진기(火靈眞氣)는 과거 호연백이 야왕의 보물을 얻으면서 발견한 것으로 사황 종리소와 같은 시대에 활동했던 염화천존(炎火天尊)의 독문심법이었다.

화령진기로 인해 용암에라도 담가놓은 듯 붉게 달궈진 원앙월.

원앙월에 스친 갈대들이 순식간에 타 들어갔다.

무명신군의 주변의 갈대들을 모조리 불태우며 기세를 떨친 한 쌍의 원앙월은 어느새 열여덟 개의 잔상을 만들어냈다.

이름하여 구룡혈해(九龍血海).

한 번 펼쳐지면 시전자의 내력이 완전히 바닥나기 전까지는 결코 멈출 줄을 몰랐다는, 사황 종리소와 대결을 펼쳐 아쉽게도 반 초 차이로 무릎을 꿇은 염화천존 최고 무공이었다.

이제는 하나의 불꽃으로 화해 춤을 추던 원앙월이 무명신군이 움직일 수 있는 모든 방위를 완벽하게 차단하며 짓쳐들기 시작했다.

무명신군의 얼굴은 심각하게 굳어 있었다.

자신을 향해 날아오는 열여덟 개의 원앙월 중 실체는 단둘. 하나, 나머지를 허상이라 무시할 수는 없었다. 그 잔상들 모두 붉은 강기에 휩싸여 있었기 때문이었다.

꽝!

한 개의 원앙월이 무명신군의 주변을 덮고 있는 도막과 충돌했다.

쾅!

또 하나의 원앙월이 충돌을 하며 폭음을 일으켰다.

무명신군의 몸이 살짝 흔들렸다.

때를 같이하여 검극도의 도강이 미증유의 힘을 토해내기 시작했다.

천지를 뒤흔드는 굉음과 함께 무명신군을 보호하고 있던 도막이 갈가리 찢겨 나갔다.
 원앙월 중 하나가 그 틈을 놓치지 않고 파고들었다.
 무명신군은 당황하지 않고 표영이환보의 보로에 따라 몸을 피하며 취혼수를 이용해 원앙월을 낚아채 바닥에 팽개쳤다.
 엄청난 힘과 열기에 손아귀가 떨어져 나갈 듯 아팠다.
 취리리리릿.
 날카로운 파공성과 함께 각기 다리와 옆구리를 노린 원앙월이 날아들었다.
 제법 거리가 있었음에도 그 화기가 먼저 느껴졌다.
 검극도의 공세로 인해 칼을 움직일 여력이 없었던 무명신군은 재차 취혼수를 시전했다.
 다행히 다리 쪽으로 향하는 것은 취혼수로써 막아낼 수 있었지만 옆구리를 파고든 것은 미처 막아내지 못했다.
 혈관을 건드린 것인지 단지 스친 것에 불과함에도 사방으로 뿌려지는 피의 양이 상당했다.
 검극도가 죽을힘을 다해 도막을 흔들고 그때를 놓치지 않고 전신 요혈을 노리며 쇄도하는 원앙월.
 너무도 절묘하게 맞아떨어지는 합공에 무명신군도 고전을 면치 못했다. 아니, 단순히 고전이라고 하기엔 상황이 너무 좋지 않았다.

그동안의 싸움으로 무명신군의 내력은 어느새 바닥을 보이고 있었고, 곳곳에 부상을 당한 몸 역시 극도로 피로해 있었다.

무적팔위가 수하들의 목숨을 담보로 벌인 차륜전이 비로소 효과를 보고 있는 것이었다.

'이대로 가다간……'

승리를 장담할 수가 없었다.

승리는 고사하고 목숨을 부지하기도 힘들 것이다.

무명신군의 눈에 부상을 딛고 서서히 준동하는 귀검의 모습이 보였다.

'살을 주고 뼈를 깎는다? 무식한 것이 어쩌면 가장 효과적인 것일 수도 있는 법이지. 그래, 살을 내줄 것이다. 충분히 만족할 수 있도록. 그리고 그 대가는……'

무명신군의 눈이 멀리 떨어져 원앙월을 움직이는 데 전력을 다하고 있는 주고휘에게 향했다.

'네놈의 목숨이 되겠구나.'

결심을 한 이상 행동은 빠르고 과감해야 했다.

때마침 두 개의 원앙월이 날아들었다.

무명신군이 검극도를 상대하던 칼을 거둬들였다. 그리곤 자신을 향해 날아오던 원앙월을 후려쳤다.

무명신군의 칼에 부딪친 원앙월이 흔적도 없이 사라졌다.

그 순간, 검극도의 매서운 공격이 그의 등으로 쇄도했다.

무명신군은 혼신의 힘을 다해 표영이환보를 펼쳤으나 재차 날아든 원앙월 때문에 검극도의 공세를 완벽하게 떨쳐 낼 수는 없었다.
때가 되었다.
'살을 준다.'
이빨을 꽉 깨문 무명신군이 등 쪽으로 모든 힘을 집중시켰다.
쨍!
무자비한 힘으로 무명신군의 호신강기를 후려치는 검극도의 도강.
단숨에 호신강기를 찢어발기며 짓쳐든 강기가 무명신군의 등에 작렬했다.
퍽!
묵직한 타격음.
허리가 확 꺾이고 입에서 핏줄기가 뿜어져 나왔다.
눈의 실핏줄이 모조리 터져 나갈 정도로 그 충격은 강력했다.
기회를 놓치지 않은 원앙월이 무명신군의 몸을 훑고 지나갔다.
양팔과 양다리에 뼈가 보일 정도로 깊은 상처가 생겨났다.
무명신군은 입을 쩍 벌리며 고통을 참아냈다.
검극도의 눈에, 주고휘의 눈에, 귀검의 눈에 뜨거운 빛이 일렁거렸다.

　그것은 희열이었다.

　천하제일인이 무너지고 있었다.

　신화가, 천하를 위진시켰던 불패의 신화가 드디어 끝나가는 것이었다.

　하지만 그것이 당혹감과 공포로 바뀌는 것은 순식간이었다.

　쓰러질 듯 비틀거렸던 무명신군의 신형이 여의주를 물고 승천하는 용처럼 하늘로 솟구쳤다.

　그의 몸을 따라 점점이 뿌려지는 핏방울이 온 하늘을 붉게 수놓았다.

　단숨에 오 장여를 날아 주고휘를 향해 돌진하는 무명신군.

　주고휘가 기겁을 하며 피하려 하였지만 가히 섬전을 방불케 한다는 능광신법은 그의 도주를 허락하지 않았다.

　"뼈를 깎는다."

　차갑게 외친 무명신군이 미친 듯이 몸을 틀며 도주하는 주고휘를 향해 칼을 던졌다.

　빛살마저 가를 기세로 날아가는 주작도.

　십여 장이 넘는 거리를 단숨에 줄인 주작도가 때마침 주고휘를 보호하기 위해 돌아온 원앙월을 한 줌 먼지로 만들어 버린 후, 가슴을 관통해 버렸다.

　결과 따위는 직접 보지 않아도 알 수 있었다.

주작도를 던지자마자 몸을 돌린 무명신군이 이번엔 귀검을 노렸다.
 검극도가 귀검을 보호하기 위해 필사적으로 따라붙었지만 이미 탄력이 붙은 능광신법을 저지할 수는 없었다.
 "죽엇!"
 귀검이 두 눈에 살광을 뿌리며 검을 찔렀다.
 예의 그 쾌검이었다.
 하나, 쾌검이라는 것은 몸의 중심이 완벽하게 잡히고 조화를 이뤘을 때 진정한 위력이 나오는 것.
 지금처럼 다급한 상황에서 게다가 왼쪽 어깨부터 팔까지 완벽하게 짓뭉개진 그로선 전과 같은 빠름을 구현할 수가 없었다.
 가볍게 검의 방향을 바꾼 무명신군의 취혼수가 귀검의 턱에 작렬했다.
 "컥!"
 외마디 비명과 함께 귀검의 목이 그대로 꺾이며 아예 몸 뒤로 돌아가 버렸다.
 두 눈을 부릅뜬 상태로 절명한 귀검의 눈동자는 지독한 공포에 사로잡혀 있었다.
 "으으으."
 검극도는 눈 깜짝할 사이에 벌어진 참상에 온몸이 경직되어 움직일 수가 없었다.

귀검의 머리를 지그시 밟고 선 무명신군이 부들부들 떨고 있는 검극도를 향해 차갑게 웃었다.
"이제 너뿐이다."

第六十四章

전모(全貌)

소림이 무너졌다.
불성이 쓰러졌다.
믿을 수 없는 소문이 무림을 강타하기 시작했다.
암흑마교의 교주가 정예들을 이끌고 직접 공격하여 소림을 무너뜨리고 불성을 쓰러뜨렸다는 구체적인 소문이 연이어 전해지면서 소문은 곧 사실이 되어갔다.
믿을 수 없다는, 그저 뜬소문에 불과하다며 일축하던 이들도 결국 모든 소문이 사실로 드러나기 시작하자 그야말로 망연자실. 암흑마교의 거대한 저력에 두려움을 느끼며 향후 그들의 행보에 전전긍긍할 수밖에 없었다.

한데 무림을 휩쓴 소문은 하나뿐이 아니었다. 또 하나의 소문이 있었으니 그 또한 엄청난 파장을 몰고 왔다.
 황실을 장악하고 무림마저 장악하려는 신비집단 죽림.
 무림을 공포로 몰아넣고 있는 암흑마교 또한 그들의 손아귀에서 놀고 있었으며 중원에 늘 두려움을 심어주었던 세외의 세력까지 굴복시켰다는 말은 절대로 믿기 힘든 말이었다.
 거기에 더해 죽은 줄만 알았던 무명신군이 죽림의 음모를 파헤치다가 발각되어 황하 인근에서 추격대와 치열한 접전을 펼치고 있다는 소식까지 전해졌다.
 사람들은 동시다발적으로 터져 나오는 엄청난 소문에 도대체 어디에서 어디까지가 진실이고 믿어야 하는 것인지 알지 못한 채 극도의 혼란에 빠지고 말았다.

 "모든 것이 사실로 드러났습니다. 소림이 무너졌고 불성께서도……."
 영운설이 공진 대사를 바라보며 차마 말을 잇지 못했다.
 "아미… 타불!"
 이미 보고를 받고는 홀로 피눈물을 흘렸던 공진 대사는 애써 의연한 표정을 지었다.
 "당장 복수를 해야 합니다."
 "그렇습니다. 소림을 공격했다는 것은 무림의 정기를 끊고 대정련의 사기를 떨어뜨리겠다는 암흑마교의 얄팍한 수작입니다. 반드시 응징을 해야 합니다."

"더 이상 방어에만 머물 수는 없습니다. 지금처럼 저들의 움직임에 소극적으로 대응할 것이 아니라 기회를 포착해 선제공격을 해야 합니다."

대정련의 수뇌들은 하나같이 격앙된 표정으로 암흑마교에 대한 총공격을 주장했다.

그만큼 소림이 갖는 상징성과 백도에서의 위상은 말로 표현할 수가 없는 것이었다.

"무량수불! 그렇게 흥분만 할 것은 아니라고 봅니다."

"그게 무슨 말씀입니까? 소림이 무너졌습니다. 뿐입니까? 불성께서 악도들의 손에 돌아가셨습니다. 한데 어찌해서……."

청성파의 대장로 천선자가 붉게 상기된 얼굴로 운각 진인을 쏘아보았다. 운각 진인은 그 눈빛을 덤덤하게 넘기면서 말을 이었다.

"물론 그 일에 대한 응징은 반드시 이루어져야 할 것이며 그 누구보다 우리 무당이 앞장설 것을 여러분들께 맹세하는 바입니다. 하지만 그전에 한 가지 확실하게 짚고 넘어가야 할 것이 있습니다. 군사."

운각 진인이 영운설에게 말을 넘겼다.

가볍게 숨을 삼킨 영운설이 앞에 놓인 몇몇 서찰들을 주섬거리며 입을 열었다.

"소림사에서 벌어진 참상은 실로 안타까운 일이나 지금 이 자리에서 우선적으로 논의되어야 할 것은 소림에 대한 복수가 아니라 앞으로의 대책인 것 같습니다."

다소 냉정한 말투와 내용에 수뇌들이 못마땅한 표정을 지었지만 영운설은 신경 쓰지 않았다.

"특히 죽림이란 존재는 실로 중대한 의미를 지니고 있습니다."

"소문은 그렇게 나고 있지만 사실이라곤 도저히 믿기가 어려워서······."

곡상천이 고개를 갸웃거렸다.

"지난밤에 공공문의 제자라고 주장한 자의 서찰이 개방을 통해 대정련에 도착한 것을 알고 계실 겁니다."

수뇌들은 저마다 고개를 끄덕이며 다음 말을 기다렸다.

"방금 전, 또 한 통의 서찰이 입수되었습니다. 내용은 똑같았습니다. 죽림의 비밀을 우연히 알게 된 사람이 바로 공공문의 문주였고 그가 바로 대도로 유명한 철각비영 옥청풍이라는 것입니다. 중요한 것은 현재 그가 따르고 있는 사람이 죽은 줄로만 알고 있었던 무명신군이라는 것이지요."

무림인들, 특히 이름깨나 있는 문파나 인물치고 무명신군에게 당하지 않은 사람이 없던지라 무명신군의 이름이 언급되자 다들 마뜩지 않다는 표정을 지었다.

"하면 황실이 이미 죽림에 의해 접수가 되었고 암흑마교를 비롯하여 현 무림의 혼란이 모두 그들에 의해 조장되었다는 것이 진정 사실이란 말인가?"

천선자가 물었다.

"현재까지는 서찰의 내용일 뿐 진위를 확인하기는 어렵습니다."

"하면 뭔가? 소문은 소문일 뿐 아닌가?"

단사정이 다소 부정적인 표정으로 말하자 구인걸이 대신 입을 열었다.

"꼭 그렇게 단정할 것은 아닌 것 같습니다. 개방의 정보망에 의하면 현재 무명신군과 죽림이 싸우고 있다는 곳에 대규모의 관군이 비밀 작전을 수행 중이라고 합니다. 또한 정체를 알 수 없는 고수들이 대거 출현했다고도 하고요. 계속 조사 중이니 진위는 금방 밝혀질 것입니다만 거짓이라고 보기엔 아무래도……."

"서찰의 내용이 사실이라는 가정을 했을 때, 암흑마교만으로도 큰 혼란에 빠진 무림은 암흑마교 이상의 거대한 적과 크나큰 위협에 봉착했다고 볼 수 있습니다."

영운설의 말에 천선자가 한숨을 내쉬었다.

"그렇겠지. 놈들의 힘만으로도 수라검문과 사도천을 비롯하여 장강 이남이 쓸렸건만……."

"암흑마교가 문제는 아닌 것 같습니다. 세외를 쓸어버렸다는 죽림의 힘. 어쩌면 그것이 가장 큰 문제가 아니겠습니까?

그들을 굴복시켰다면 세외이패라 불리는 북해빙궁이나 사자철궁이 중원으로 진출하는 것은 시간문제입니다."

화산파의 문주 이진한이 딱딱히 굳은 얼굴로 말했다.

"무량수불! 노도도 같은 생각입니다. 우선적으로 확인해야 하는 것이 세외의 움직임일 것입니다. 그들이 서찰의 내용대로 죽림이라는 곳에 굴복을 당했는지, 만약 굴복을 당했다면 이후엔 어떻게 행동할 것인지를 세세하게 살펴야 한다고 봅니다."

"예, 이미 개방과 명안에서 최고의 요원들을 움직였습니다. 빠르면 열흘, 늦어도 보름이면 정확한 정보를 확인할 수 있을 것 같습니다."

"최대한 서둘러야 할 것이네."

"예."

영운설이 조용히 대답했다.

"그건 그렇고, 서찰이 사실이라 한다면 뭔가 조치를 취해야 하지 않겠습니까?"

구인걸의 말에 단사정이 되물었다.

"조치? 무슨 조치 말인가?"

"무명신군께서 죽림과 혈전을 벌이고 있다지 않습니까? 그분을 위해서 지원군을 보내야 한다고 생각합니다만."

"흠. 그렇긴 하지만……."

"그러나 명확하지 않은 일을 가지고 함부로 병력을 움직일 수는 없지 않겠습니까? 암흑마교가 언제 밀고 올라올지 모릅니다. 또한 그것이 사실이라고 해도 무명신군을 구하는 것보다는 소림을 치고 도주하는 암흑마교의 악적들을 쫓는 것이 우선이라고 생각합니다."

곡상천의 말에 다들 수긍하는 빛을 보이자 구인걸은 답답함을 감추지 못했다. 수뇌들의 소극적인 반응이 무명신군에 대한 악감정 때문이라 생각한 것이다.

"아미타불! 암흑마교에 대한 추격이라면 이미 시작되었습니다."

모두의 시선이 공진 대사에게 쏠렸다.

"본사의 제자들이 그들을 쫓고 있습니다. 미리 말씀드리지 못해서 죄송합니다만 이해를 해주시지요."

"이해뿐이겠습니까? 미리 알지 못하고 지원을 하지 못해 되려 죄송스럽습니다."

"지금이라도 제자들을 움직이겠습니다."

저마다 힘을 보태겠다고 나섰지만 공진 대사는 가만히 고개를 저었다.

"말씀들은 고맙지만 소림의 힘으로도 충분할 것 같습니다. 다만 부탁드리고 싶은 말은 빈승 또한 구 방주 말씀대로 무명신군을 구하기 위해 지원을 했으면 합니다. 과거의 행적이야 어쨌든 죽림의 힘이 사실이라고 했을 때 무명신군이란 존재는 적에겐 크나큰 부담이요, 아군엔 더없는 힘이 될 것

전모(全貌) 243

입니다."

 무명신군의 실력을 너무도 잘 알고 있던 수뇌들은 공진 대사의 말을 부정할 수가 없었다.

 적으로 만나면 최악이지만 아군으로서 힘을 합친다면 그 이상 좋을 수가 없기 때문이었다.

 공진 대사의 말에 이어 영운설이 가만히 입을 열었다.

 "지난 복우산에서 대정련을 비롯하여 많은 이들이 암흑마교의 간계에 빠졌습니다. 서찰엔 그때 암흑마교에서 안배한 최후의 함정을 미리 무력화시킨 사람도 무명신군이라고 했습니다. 당시 도극성 공자는 적의 마지막 안배가 있다며 걱정을 했지만 다행히 그런 변고는 일어나지 않았지요. 돌이켜 보면 그때 적의 안배는 분명히 존재했고 이를 무력화시킨 사람이 바로 무명신군이 맞는 것 같습니다. 복우산에서 암흑마교의 이인자라고 하는 적혈신마가 목숨을 잃었고 도존 갈천수가 크나큰 부상을 당했다고 알려졌지만 그와 싸운 사람은 아무도 없었다는 것이 이를 입증하지요."

 영운설의 말에 다들 침묵을 지켰다.

 침묵은 곧 수용의 표시.

 그것으로 무명신군을 위한 지원군 파견이 결정되었다. 아울러 공진 대사의 거절에도 불구하고 적의 도주 경로를 제대로 파악하기 위해서라도 개방의 도움은 받는 것이 좋겠다는 영운설의 주장에 따라 개방이 소림을 돕기로 하였다.

하지만 그들은 무명신군의 처절한 싸움은 이미 끝이 났으며 암흑마교를 쫓고 있는 것은 소림만이 아니라는 것을 전혀 몰랐다.

*　　*　　*

"무적팔위가… 당했습니다."

제갈현음의 한마디에 하후천을 기다리며 느긋하게 술잔을 기울이던 호연백의 모든 행동이 멈춰졌다.

"모두… 당했다는 것이냐?"

호연백이 술잔을 내려놓으며 힘겹게 물었다.

"예."

"검극도와 귀검, 주고휘가 움직였다. 게다가 천라지망에 동원된 인원만 이천이 넘는다. 녀석들이 데리고 간 수하들만 해도 백이 넘어. 그런데도 당했단 말이냐?"

"……."

제갈현음은 차마 대답을 할 수가 없었다.

"대체 얼마나 당한 것이냐? 살아는 있는 것이냐?"

"무적팔위를 비롯하여 그들이 데리고 간 수하들 모두가 전멸을 당했습니다."

"음."

호연백의 두 눈이 지그시 감겼다.

격동을 참기 힘든 것인지 눈꺼풀이 마구 떨렸다.

제갈현음은 호연백이 평정심을 되찾을 때까지 침묵을 지킨 채 기다렸다.

"정확한 피해는 얼마나 되느냐?"

겨우 눈을 뜬 호연백이 물었다.

제갈현음이 멈칫하자 호연백이 허탈한 웃음을 지으며 말했다.

"이제 괜찮다. 말해보거라."

"예."

보고에 앞서 깊게 숨을 들이켜며 마음을 다스린 제갈현음이 다소 떨리는 음성으로 설명을 시작했다.

"동생의 복수를 위해 가장 먼저 무명신군을 추격한 우정 이하 추격대 육십 명 전멸. 비월단과 비웅단주 이하 전 대원 전멸. 무적팔위와 그들의 직계 수하 백이십 전멸. 끝으로 천라지망을 펼치느라 동원된 인원 중 육백여 명이 넘는 이들이 목숨을 잃거나 치명상을 당했습니다."

"허허허허!"

호연백은 한동안 말을 잇지 못했다.

예상하지 못한 바는 아니지만 직접 확인을 하고 보니 피해가 커도 너무 컸다.

"무명신군, 정말 대단한 인물이야. 고작 한 사람 때문에 중원에 남은 전력의 절반이 날아간 셈이 아닌가."

"천라지망에 동원된 이들이야 죽림의 직계도 아니지 않습니까? 어차피 화살받이에 불과한 자들입니다. 죽림의 진짜 정예는 세외에 나가 있습니다. 물론 비월단과 비응단, 무적팔위와 그 수하들의 죽음이 안타깝기는 하지만 죽림이 지닌 전체 힘에 비하면 이 할에도 미치지 못합니다."

제갈현음이 나름 위안을 한다고 한 말이었지만 위안이 될 턱이 없었다.

"이 할이 적더냐? 고작 한 사람을 상대하느라 이 할의 전력이 날아갔다. 그럼에도 불구하고 그를 잡지 못했어."

고개를 절레절레 흔든 호연백이 긴 한숨을 내쉬며 다시 입을 열었다.

"이렇게 된 이상 최대한 빨리 암흑마교를 손에 넣어야겠다. 무명신군을 잡지 못했으니 죽림은 곧 전 무림의 공격을 받게 될 것이다. 암흑마교를 통해 잃어버린 전력을 보충하고 놈들의 힘을 한곳에 집중하지 못하도록 만들어야 해."

"이미 시작한 것으로 압니다."

"그래? 하면 이곳에서의 일도 확실하게 마무리를 지어야겠군. 사제는 언제쯤 도착할 것 같으냐?"

"반 시진 이내입니다."

"상황이 좋지는 않지만 그래도 오랜만에 만나는 자리다. 괜히 소란 떨고 싶지는 않구나."

"그리 조치하겠습니다."

제갈현음이 허리를 숙이고 물러나자 호연백은 탁자에 내려놓은 술잔을 집어 들었다.

단숨에 잔을 비운 호연백의 얼굴이 일그러졌다.

지금껏 그토록 쓴 술은 마셔본 기억이 없는 것 같았다.

　　　　*　　　　*　　　　*

도극성이 죽림의 마수로부터 초혼살루를 구한 뒤 사흘 후, 곽월은 그를 감시하던 운령의 목을 들고 천상대루로 돌아왔다.

천상대루의 정체가 죽림에 드러난 이상 은신처를 바꾸는 것이 좋겠다는 장로들의 의견이 있었지만 곽월은 천상대루를 결코 포기할 수 없었다.

그러나 지난번과 같은 일이 또다시 벌어지지 말라는 법은 없는 것. 곽월은 만약을 대신해 천상대루를 중심으로 하여 동정호 주변에 은밀히 십여 개의 안가를 만들기 시작했다.

도극성은 곽월의 요청에 따라, 물론 그가 요청하지 않아도 당연히 그럴 생각이었지만, 모든 작업이 끝날 때까지 곽월과 함께 천상대루를 지키기로 하였다.

그렇게 시간이 지나고, 초혼살루의 안가가 하나둘 완성되던 지난밤, 무림을 뒤흔들고 있는 소문이 천상대루까지 전해졌다.

소림이 무너지고 불성이 목숨을 잃은 것은 안타까운 일이었다.

하지만 그뿐이었다.

도극성을 광분하게 만든 소문은 다름 아닌 무명신군이 생존해 있으며 죽림과 충돌을 하고 있다는 것.

도극성은 그 즉시 천상대루를 떠나 북상하기 시작했다.

죽림의 위협에서 어느 정도 벗어났다고 판단한 곽월은 후일을 두 장로에게 맡기고 몽암과 풍인, 월천을 비롯하여 초혼살루의 일급살수 이십을 대동하여 도극성을 따라나섰다.

단순히 도극성을 돕기 위한 이유도 있었지만 보다 큰 이유라면 그를 도와 죽림에 대한 복수를 하기 위함이었다.

그리고 지금, 아침나절 천상대루를 떠난 일행은 감히 상상하기도 힘든 속도로 이동을 하여 해가 중천에 뜬 지금 악양을 코앞에 두고 있었다.

"조금만, 조금만 천천히 가자."

곽월이 숨이 턱에까지 찬 수하들을 돌아보며 말했다.

앞서 달리는 도극성에게선 아무런 반응도 없었다.

"조금만 쉬었다 가자고."

곽월이 재차 소리치자 그제야 고개를 돌린 도극성이 땀으로 범벅이 된 얼굴로 물었다.

"뭐라고?"

곽월이 어이가 없다는 듯 웃었다.
"네 심정은 알겠지만 이해를 좀 해줘라. 나는 몰라도 이 녀석들은 네 속도를 따라갈 수가 없어."
곽월이 당장에라도 주저앉을 듯한 표정으로 거칠게 숨을 몰아쉬는 수하들을 가리키며 말했다.
그제야 상황을 인식한 도극성이 멋쩍은 미소를 지었다.
"아! 미안하다. 하지만……."
"알아. 그래도 이렇게 서두를 일만은 아닌 것 같다. 어차피 하루아침에 도착할 거리가 아니야. 게다가 악양에 도착한다고 바로 강을 건널 수 있는 것도 아니잖아. 배도 구해야 되고. 내 말이 틀려?"
곽월이 겨우 숨을 고르고 있는 몽암에게 물었다.
"그렇지는 않습니다. 워낙 큰 도시라 악양에만 도착하면 강을 건널 수 있는 배는 지천으로 널려 있습……."
몽암은 끝까지 말을 잇지 못했다.
곽월이 자신의 의도를 이해하지 못하고 떠들어대는 몽암에게 눈을 부라렸기 때문이었다.
그 모양이 우스웠는지 도극성이 길옆의 바위에 털썩 주저앉으며 말했다.
"알았으니까 그만 해라. 너무 내 생각만 한 것 같다."
"이제라도 알았으면 됐어. 천상대루에서 악양이 아무리 지척이라지만 그래도 족히 하룻길은 되는 거리야. 한데 고작 두 시진 만에 여기까지 왔다. 저 꼴이 될 만도 하잖아."

곽월이 쓴웃음을 지으며 아무렇게나 쓰러져 거친 숨을 몰아쉬는 수하들을 가리켰다.

"그러게요. 내 이 정도를 달리고 이렇게 지치긴 처음입니다. 이거야 원. 지나가는 개가 웃을 일이지요."

풍인이 고개를 절레절레 흔들며 말했다.

명색이 천하제일이라는 초혼살루의 최고 살수들이 고작 두 시진을 달리고 지쳐 나가떨어졌다면 아무도 믿지 않을 것이다. 그러나 앞장서서 그들을 이끌었던 사람이 도극성이라면 전혀 얘기가 달랐다. 도극성이 펼친 능광신법의 무시무시한 속도를 따라잡기 위해 초혼살루의 살수들은 그야말로 죽을힘을 다해야만 했고 그 결과 곽월을 제외하고 모조리 녹초가 되고 말았다.

"미안하지만 이해를 해줘. 지금 내 마음이 내 마음이 아니야."

쓴웃음을 지으며 이해를 구한 도극성이 길게 한숨을 내쉬었다. 문득 지난날 사부의, 아니, 할아버지 무명신군의 유언장이 떠올랐다.

빈손으로 태어나 때가 되면 다시 빈손으로 돌아가는 것이 자연의 이치. 나 역시 때가 되어 그 이치를 따르는 것뿐이다.

'할아버지.'
과거의 기억을 떠올린 도극성의 표정이 아련해졌다. 그러다 뭔가를 떠올렸는지 표정이 기괴하게 변했다.

천문동부는 폐쇄될 것이다. 사부의 영면을 방해하고 싶지 않다면 억지로 열려 하지 말거라.

'설… 마?'
억지로 열려고 하지 말라는 말이 유난히 거슬렸다.
도극성의 표정이 이상하게 일그러지자 곽월이 그의 어깨를 툭 쳤다.
"왜?"
"아니다. 그냥."
"어르신 생각을 하는구나?"
도극성이 고개를 끄덕였다.
"소문이 사실이었으면 좋겠다. 꼭 그랬으면 좋겠어."
"……."
"그렇다고 너무 기대는 하지 마라. 소문은 늘 부풀려지기 마련이니까."
굳이 말은 하지 않았지만 곽월은 무명신군이 살아 있다는 것을 믿지 못하고 있었다. 다른 누구도 아니고 도극성이 장례까지 치른 마당에 멀쩡히 살아 있는 것 자체가 말도 안 되는 일이기 때문이었다.

"아니. 소문이라고 다 거짓은 아니지."

도극성이 입술을 꽉 깨물며 말했다.

"하지만……."

곽월은 도극성이 괜한 소문에 상처를 받는 것은 아닌지 영 마음이 좋지 않았다.

"만약 그게 사기였으면… 정말 사기라면……."

도극성은 자신도 모르게 주먹을 움켜쥐고 부르르 떨었다.

*　　*　　*

"크아악!"

"커흑!"

연거푸 들리는 비명 소리에 하후천의 얼굴은 이미 딱딱하게 굳어 있었다.

수하들이 수적인 열세를 극복하지 못하고 적의 포위 공격에 하나씩 죽어감에도 그는 함부로 움직일 수가 없었다.

이유는 하나, 그의 눈앞에 서 있는 두 명의 고수 때문이었다.

삼십대 중반 사내의 정체는 알 수가 없었지만 그의 옆에 서 있는 중년인의 정체는 미루어 짐작할 수 있었다.

한쪽 눈과 팔을 잃은 상태로 그야말로 태산과도 같은 기도를 뿜어낼 수 있는 사람은 전 무림을 통틀어 오직 한 명뿐이었다.

고독검(孤獨劍) 종리혁(鍾離爀).

강호칠괴 중 한 명으로 나이는 오십 중반, 칠괴 중 가장 어렸지만 무공만큼은 가장 강하다고 평가받는 인물이었다.

혹자는 열아홉에 무림에 출도한 이후, 줄곧 목숨을 건 실전으로 담금질된 그의 실력이 오존과 오마를 뛰어넘어 일사나 일마에 버금갈 것이라 말하기도 했다.

소문대로 종리혁의 무위는 대단해 보였다.

오른쪽 눈을 붉디붉은 안대로 가리고 오직 왼쪽 눈 하나로 바라보는데도 그 눈빛이 어찌나 날카로운지 전신의 세포가 바짝 곤두설 정도였다.

그런데 검을 비스듬히 옆으로 누인 사내의 기운은 종리혁 이상이었다.

'문제는 저놈인데……'

하후천의 뇌리엔 종리혁보다는 그 옆에 선 사내에 대한 의문으로 가득했다.

방금 전, 성격 급한 황극이 사내에게 덤벼들었다가 삼 초도 제대로 받아내지 못하고 목숨을 잃고 말았다.

황극이 비록 소림을 공략하는 과정에서 상당한 부상을 당해 평소 실력의 반도 내보이지 못했다는 것을 감안하더라도 고작 삼 초를 버티지 못했다는 것은 실로 놀라운 일이 아닐 수 없었다.

하지만 더 이상 망설일 수가 없었다.

소림을 공격하고 살아남은 이십여 명의 흑혈대원들이 이제 열 명 남짓밖에 남지 않았기 때문이었다. 만약 이대로 조금의 시간이 더 흐르면 단 한 명도 살아남지 못할 터였다.

하후천의 기세가 일변하자 종리혁의 눈빛이 한층 더 날카로워졌다. 언제라도 출수를 할 수 있도록 어느새 자세도 바뀌어 있었다.

"경거망동은 하지 않으시는 것이 좋지 않겠습니까?"

종리혁의 곁에 선 사내가 가만히 말했다.

"뭐라? 경거망동?"

지금껏 단 한 번도 듣지 못한 말이었다.

분노가 치밀기보다는 차라리 어이가 없었다.

"교주님을 기다리는 분이 계십니다. 하니 조용히 따르시지요."

간단명료하게 대꾸한 사내가 몸을 돌리려 하자 하후천은 더 이상 참지 않았다.

하후천이 일으킨, 불성조차 감당하지 못한 거력이 사내를 향해 뿜어지려는 순간, 그의 움직임을 단번에 멈추게 만든 음성이 있었다.

"호연백이라는 이름을 아십니까? 아니, 교주님께는 건무(建武)라는 이름이 더 친숙하시겠군요."

전모(全貌) 255

웬 개수작이냐는 표정으로 고개를 돌리던 하후천은 주변 분위기와는 전혀 어울리지 않는 중년 문사를 발견할 수 있었다.

"네놈은 누구냐?"

하후천의 물음에 빙그레 웃음 지은 제갈현음이 대답 대신 재차 질문을 던졌다.

"진정 건무라는 분을 모르십니까?"

"내가 건무라는 놈이 누군지……."

말이 끊겼다.

하후천의 눈동자가 마구 흔들렸다.

오랫동안 불러보지 않은 이름이었지만 건무라는 이름은 너무도 익숙했다.

"건… 무?"

직접 입으로 불러보니 전혀 어색하지 않고 익숙하여 입에 착착 감겼다.

그리고 떠오르는 한 인물.

기억 속의 그는 누구보다 눈부신 웃음을 지녔고 폭발적인 열정을 지닌 인물이었다.

너무도 오랫동안 잊고 살았음에도 막상 기억을 하기 시작하자 수십 년이나 흐른 일들이 마치 어제 일처럼 생생하게 기억났다.

"서, 설마… 그분이냐?"

"직접 확인해 보시지요. 그렇잖아도 기다리고 계십니다."
"어, 어디에 계시느냐?"
하후천의 음성이 절로 떨렸다.
암흑마교의 교주로서 소림을, 불성을 쓰러뜨리던 모습은 온데간데없었다. 그만큼 당황하고 있다는 것이다.
"가보시면 압니다."
빙그레 웃음 지은 제갈현음이 하후천을 놀라게 했던 사내, 무적팔위 중 여섯 번째 자리를 차지하고 있는 조은(趙垠)에게 신호를 보냈다.
조은이 하후천을 따라 움직이려는 첨부문의 목에 칼을 겨누었다.
"가고 싶으면 목은 내놓고 가."
조은이 차갑게 웃었다.

'그다.'
혹시나 했지만 정말 그 사람이었다.
하후천은 자신을 향해 손짓을 하는 사람의 얼굴을 확인하고는 석고상처럼 그 자리에서 굳어버렸다.
"허허허, 놀랐나?"
너털웃음을 지은 호연백이 천천히 걸어나와 하후천의 손을 가만히 잡았다.
"이게 얼마 만인가, 사제?"

"……."

"허허, 너무 오랜만에 만나서 할 말을 잊은 것인가? 아니면 아예 얼굴도 기억하지 못하는 것인가?"

"사… 형, 진정 건무 사형이 맞습니까?"

하후천이 떨리는 음성으로 물었다.

"역시 자네도 기억을 하고 있었군. 맞네. 암흑마교의 골칫덩이 건무일세."

"어떻게……."

하후천이 말끝을 흐리자 호연백이 그의 어깨를 툭 치며 말했다.

"자, 자세한 이야기는 앉아서 하도록 하지."

먼저 자리에 앉은 호연백이 하후천에게 술잔을 내밀었다.

"오랜만에 만난 자리에 술이 빠질 수 없겠지. 내 사제를 위해 황제가 마신다는 미주를 준비했네. 자, 들게."

하후천은 호연백이 권한 술잔을 거절하지 않았다.

돌아가는 상황도 불안했고 궁금한 것이 많았으며 온갖 의혹이 꼬리를 물었지만, 일단은 아무런 생각 없이 술을 들이켰다.

"사형도 한잔하시지요."

"물론이지. 내 어찌 사제가 주는 술을 거절할까?"

호탕하게 웃은 호연백이 하후천이 따른 술을 단숨에 마셔 버렸다.

그렇게 몇 배순의 술잔이 돌았다.

적당히 때가 되었다고 여긴 하후천이 술잔을 탁자 위에 소리 내어 올려놓았다. 그의 마음을 읽은 호연백의 얼굴이 살짝 굳어졌다가 이내 펴졌다.

"사제가 궁금한 것이 많은 모양이군."

"궁금할 수밖에 없지요. 우선 제 수하들은 어찌 되었습니까?"

호연백의 시선이 제갈현음에게 닿았다.

"생각하신 대로 모두 죽었습니다."

제갈현음이 담담히 말했다.

"음."

질문을 던질 때부터 예상했던 결과였음에도 하후천은 입술을 비집고 흘러나오는 신음을 막지는 못했다.

"쯧쯧, 꼭 그래야 했느냐?"

호연백이 나무라듯 묻자 제갈현음이 표정 하나 바꾸지 않고 대답했다.

"두 분께서 오붓한 시간을 즐기시라 조치를 한다는 것이 그만… 수하들의 손속이 조금 매웠던 것 같습니다. 교주님께는……."

"됐다."

더 이상 듣고 있어봤자 먼저 간 수하들을 모욕하는 것밖에는 되지 않는다고 생각한 하후천이 제갈현음의 말을 끊은 뒤 호연백에게 물었다.

"이 상황. 설명을 해주시겠습니까?"

"무엇을 알고 싶은가?"

호연백이 가볍게 술잔을 들이키며 말했다.

"전부."

하후천의 짧은 대답에 호연백의 얼굴에 미소가 흘렀다.

"제법 긴 이야기인데 들어보려는가?"

굳이 대답을 바란 말은 아니었다.

술잔을 내려놓은 호연백이 지그시 눈을 감았다.

그의 입이 열린 것은 산들바람이 머리카락을 가볍게 훑고 지나가고 잠시 감았던 눈을 뜬 다음부터였다.

"그러니까 벌써 오십여 년 전이던가? 사부가 나를 폐인으로 만들고 내친 것이? 사실 목숨을 구한 것도 천운이 닿아서였지……."

신세한탄으로 시작한 호연백의 말은 혜선과 인연을 맺고 대붕금시를 얻어 야왕의 보물을 취했고 그 덕에 망가졌던 몸을 회복시켰으며 잃었던 무공까지 다시 찾게 되는 과정까지 일사천리로 이어졌다.

하후천은 호연백이 폐인이 되었던 몸을 회복하고 무공을 다시 찾았다는 것보다는 대붕금시와 야왕의 보물을 얻었다는 것에 주목했다.

대붕금시를 이용하여 거대한 함정을 꾸몄던 곳은 암흑마

교였다. 한데 호연백은 이미 그전에 대봉금시를 먼저 취했다고 말하는 것이었다.

그것이 의미하는 것은 오직 하나였다.

더불어 복우산에서 암흑마교에 낭패를 주었던 무명신군이 자신에게 직접 전하라고 했던 말이 떠올랐다.

"죽… 림."

하후천의 입에서 죽림이라는 말이 흘러나오자 호연백이 짐짓 놀랍다는 표정을 지었다.

"사제도 알고 있었나? 아, 그러고 보니 일전에 죽림에 몰래 숨어든 아이가 있었군. 이름이 마혼이던가?"

하후천의 미간이 꿈틀거렸다.

"마혼은 어찌 되었습니까?"

"사제는 어떤지 모르겠지만 난 내 집을 몰래 침입한 자를 용인해 줄 만큼 자비롭지는 않다네."

하후천이 노기 가득한 눈빛으로 호연백을 노려보았지만 호연백은 태연하기만 했다.

자신감에 가득 찬 눈빛하며 태도.

호연백의 몸에서 은근히 드러나는 기도가 결코 범상치 않다는 것을 의식한 하후천이 가만히 그를 살폈다.

살피면 살필수록 끝을 보이지 않는 저력이 느껴졌다.

"무공을 회복했다더니… 강해졌군요."

"강해졌지. 예전보다 훨씬 더."

호연백은 자신의 모습을 굳이 감추지 않았다.

"참고로 말하자면 사제가 쓰러뜨린 불성이나 도성 따위는 나의 상대가 되지 못하네. 미안하지만 사제 또한 마찬가지. 내가 적수로 생각하는 사람은 오직 한 명뿐이라네."

정확하게 이름을 밝히지는 않았지만 하후천은 호연백이 말하는 사람이 누군지 알 수 있을 것 같았다. 당금 무림에 불성이나 도성, 그리고 암흑마교의 교주인 자신보다 윗길에 놓일 수 있는 사람은 오직 한 명뿐이었으니까.

"소문이 빠르군요. 제가 불성을 쓰러뜨린 것은 얼마 되지 않았는데."

"원래 소문이라는 것이 그렇지. 하룻밤에 천 리, 만 리를 갈 수 있는 것이 소문이네. 하지만 난 소문을 듣고 안 것이 아니라네. 한참 전부터, 사제가 암흑마교를 떠날 때부터 이미 이런 결과를 예측하고 있었지. 적어도 내가 아는 사제라면 불성에게 패하는 일은 없을 테니까 말이야."

"그게… 무슨 말입니까?"

호연백의 말에 뭔가 이상한 의미가 내포되어 있다는 것을 감지한 하후천의 얼굴이 전에 없이 심각해졌다.

"알고 싶은가?"

"……."

"그렇다면 말해주지. 자네의 행동은, 아니, 암흑마교의 모든 움직임은 내 손에 있다네. 무림에서 일어난 일 또한 마찬가지."
 하후천의 두 눈이 부릅떠졌다.
 "안타깝게도 죽림의 이목을, 은밀한 손길을 알아채는 이가 아무도 없더군. 덕분에 난 천하를 좌지우지할 수 있는 힘을 얻었지. 암흑마교는 그 힘의 일부일 뿐."
 "말도 안 되는! 그게 가능할 것 같소!"
 하후천이 벌떡 일어나며 소리쳤다. 말투도 이미 바뀐 것이 일전을 불사할 기세였다.
 호연백의 기세도 살짝 바뀌었다. 하후천처럼 흥분한 것은 아니었지만 고요함 속에 폭풍과도 같은 기도를 뿜어내고 있었다.
 "가능하냐고? 물론 가능하다. 네가 알고 있는, 장악하고 있다고 믿는 암흑마교는 빈껍데기에 불과한 것이야. 십대장로 중 셋, 백팔호법 중 육 할이 죽림의 사람이다. 이번 소림에 동원된 호법들이 모조리 죽었으니 이제 구 할 이상이라고 봐야겠군. 참고로 사제를 따라 소림으로 간 호법 중 죽림의 사람은 아무도 없었다. 또한!"
 호연백이 당장에라도 출수를 할 것처럼 두 주먹을 꽉 움켜쥔 하후천을 차갑게 응시하며 말을 이었다.
 "네가 그토록 믿고 있는 신산 역시 나의 수하다."
 쾅!
 하후천의 몸이 그대로 경직되었다.

전신의 힘이 모조리 빠져나가 버렸다.

거짓이라 부정하고 싶었지만, 절대로 있을 수 없는 일이라 반박하고 싶었지만 어찌 된 일인지 그럴 수가 없었다.

확신에 찬, 아니, 확신이라기보다는 당연한 것을 말한다는 너무도 당당하게 말하는 호연백의 태도는 그의 말이 사실이라는 것을 믿을 수밖에 없도록 만들었다.

"신산이… 신산이……."

하후천이 힘없이 중얼거리자 기세를 누그러뜨린 호연백이 약간은 안쓰러운 표정으로 말했다.

"후~ 지금쯤 암흑마교는 내 수하들에 의해 완벽하게 장악되었을 걸세. 그렇다고 너무 억울해하지는 말게나. 어차피 나의 것이 아니었나?"

"하면 신산이 나를 소림으로 보낸 것도 모두 의도된 것이란 말이겠구려?"

호연백이 고개를 끄덕일 때 제갈현음이 가만히 다가왔다.

"암흑마교의 수뇌들 중 절대다수가 죽림의 사람이었지만 교주께서 건재하시면 아무래도 거사를 벌이기가 힘들지요. 때문에 암흑마교를 완벽하게 장악하기 위해선 어쩔 수 없는 선택이었습니다."

모든 것을 믿고 맡긴 수하에게 당한 배신감은 살을 도려내고 뼈를 깎는 것보다 더한 상처가 되어 가슴을 후벼 팠다.

"허, 허허허허!"

하후천의 허탈한 웃음이 허공에 울려 퍼졌다.
"지금 이런 말씀드리긴 뭣하지만 교주님께서 말씀하시는 신산이 제 아우가 됩니다."
웃음을 멈춘 하후천이 멍한 눈을 들어 제갈현음을 바라보았다.
그의 말대로 신산과 제갈현음의 이목구비가 어딘지 모르게 닮아 있었다. 특히 두 눈이 그랬다.
"그리고 또 하나, 이 모든 계획이 완벽하게 끝나려면 교주님께선 반드시 이곳에서 죽어주셔야 합니다."
하후천의 공허한 눈빛이 제갈현음이 아니라 호연백에게 향했다.
"미안하다는 말은 하지 않겠네. 암흑마교의 후계자로서 또 교주로서 지난 오십 년 동안 충분히 누렸으면 이제 주인에게 돌려줄 때도 되지 않았나? 가능하겠냐는 질문은 하지 말게나. 사제는 옛날에도, 그리고 지금 역시도 나의 상대는 되지 않아."
"……"
하후천은 아무런 말도 하지 않았다.
그 역시 자신이 호연백의 상대가 될 수 없음을 직감하고 있었다. 그렇다고 아무런 대항도 없이 목을 내놓을 생각은 없었다. 누가 뭐래도 현 암흑마교의 교주는 바로 자신이었으니까.
하후천의 각오를 읽은 호연백이 술잔 가득 술을 따랐다.

"마지막 잔은 비우도록 하지."

하후천은 호연백이 주는 술잔을 거절하지 않았다.

살아생전 다시는 맛보지 못할 알싸한 향기.

"좋군."

단숨에 잔을 비운 하후천, 그의 손에 든 술잔이 먼지가 되어 흘러내렸다.

그 먼지 속에서 담사월의 얼굴을 발견한 하후천이 환한 웃음을 지었다.

'이놈, 너만 믿겠다.'

대답은 마음속으로만 전해 받았다.

第六十五章
재회(再會)

 소림의 패배, 불성의 죽음, 무명신군의 부활, 신비세력 죽림의 등장 등 굵직한 사건들이 거의 동시다발적으로 터지면서 전에 없는 광풍이 불어닥친 무림.

 그로부터 며칠이 지났다.

 당장에라도 폭발할 것 같은 팽팽한 긴장감과는 달리 무림은 오히려 조용했다.

 사람들은 그 이유를 암흑마교에서 찾았다.

 교주 하후천이 실종되면서 그동안 하후천의 그늘에서 숨죽이고 있던 실력자들이 본격적으로 권력 다툼을 시작한 것이었다. 한데 어쩌면 암흑마교가 사분오열되는 상황까지 이르리라는 예측과는 달리 암흑마교의 내분은 단 이틀 만에 끝나고 말았다.

권력 싸움의 최종 승자는 놀랍게도 십대장로 중 한 명이었던 장학선(張鶴鮮)에게 돌아갔다.

그가 비록 십대장로의 수장이라는 지위를 지니고 있기는 하였지만 십여 년 전부터 일선에서 물러난 상태였고 그의 뒤를 받쳐 줄 세력 또한 전무했다. 그런 그가 내분이 시작되자마자 생각지도 못한 무력과 압도적인 존재감으로 순식간에 암흑마교를 장악해 버린 것이었다.

암흑마교를 깨끗하게 평정한 그의 일갈은 또다시 무림을 술렁이게 만들었다.

죽림과 암흑마교는 하나다.

죽림을 인정하는 정도가 아니라 아예 암흑마교와 동일시하는 그의 발언은 대정련을, 나아가 전 무림을 긴장시키기에 충분했고 암흑마교 내부에서도 상당한 반발을 불러일으켰다. 하지만 내부의 반발은 죽림의 뿌리가 암흑마교이고, 현 림주가 실종된 하후천의 사형이라는 점이 부각되면서 조금씩 사그라들었다. 오히려 강력한 힘을 지닌 아군의 출현에 대다수는 환영을 하는 추세였다.

그즈음에서 하후천의 주검도 발견되었다.

하후천의 주검은 제남에서 조금 못 미치는 곳에서 발견되었는데 극도의 보안을 유지한 상황에서 암흑마교로 이송된 하후천의 시신에서 불성의 무공을 확인한 이들은 그의 사인을 불성과의 싸움에서 얻은 부상 때문이라고 단정 지었다.

한마디로 불성과의 싸움에서 승리를 거두기는 하였으나 사실상 양패구상하여 하후천도 목숨을 잃었다는 것이었다.

당시 무너진 소림혈사에서 극적으로 살아남은 이들은 불성을 쓰러뜨린 하후천이 당시 흑혈대와 암흑마교의 호법들을 상대로 처절한 싸움을 벌이고 있던 소림의 무승들을 일거에 쓸어버렸다는 사실을 언급하며 의문을 제시하였지만 그것은 아무런 증거도 없는, 그저 의문일 뿐이었다.

*   *   *

죽림의 추격대에게 쫓기다 검후에게 구함을 받은 담사월은 검후와 함께 양주 외곽에 위치한 대정련 분타로 향하다가 결국 부상을 이기지 못하고 정신을 잃고 말았다.

정확히 나흘이 지난 후에야 의식을 회복한 담사월이 가장 먼저 들은 소식은 암흑마교의 교주가 수하들을 이끌고 직접 소림을 급습하여 불성의 목숨을 빼앗고 그 역시도 실종이 되었다는 것이었다.

사부가 어째서 그런 위험을 감수했는지 담사월은 이해를

할 수가 없었다.

물론 새로운 총타로 쓰려던 곳이 대정련의 기습으로 무참히 무너졌고 그로 인해 암흑마교의 위신이 땅에 떨어졌다는 것은 알고 있었지만 그렇다고 사부가 직접 움직여 복수를 한다는 것은 말이 되지 않는 일이었다.

뭔가가 이상했다.

담사월은 검후에게 죽림에 대해 그가 알고 있는 모든 사실을 털어놓고 도움을 청했다.

그렇잖아도 죽림에 대한 소문이 무성한 터. 담사월을 통해 죽림의 존재를 확인한 검후는 금장과 은장파파를 비롯하여 여러 문파 수장들의 결사적인 반대에도 불구하고 적극적으로 담사월을 돕고자 했다.

사실, 검후도 궁극적으론 적이라 할 수 있는 담사월을 돕는다는 것에 대한 부담이 있었다. 그러나 암흑마교가 무시무시한 힘으로 절강, 강소, 안휘를 휩쓸 때 상대적으로 검각이 무사할 수 있었던 것이 담사월 덕이라는 것을 우연찮게 알게 되었기에 나름 배려를 하고자 한 것이었다.

검후가 담사월을 돕기 위해 움직이는 사이 정작 담사월은 죽림과의 싸움에서 당한 부상에 의해 발목이 잡혀 있었다.

외상은 조금씩 차도가 보였지만 선천진기까지 사용하며 싸운 덕에 내상은 좀처럼 회복의 기미를 보이지 않았다.

게다가 주변의 시선도 결코 우호적이지 않았다.

담사월의 말 한마디, 행동 하나에 토를 달고 꼬투리를 잡아 어떻게든 문제를 삼으려고 했다.

이해 못할 바는 아니었다.

대정련 양주 분타에 모인 대부분의 사람들은 암흑마교와 악연이 깊었다. 암흑마교의 공세에 문파와 가문을 잃은 사람들도 있었고 가족이나 동료들을 잃은 사람들도 부지기수였다. 검후가 은연중에 담사월을 비호하지 않았다면 사단이 나도 몇 번은 났을 정도로 담사월에 대한 그들의 감정은 좋지 않았다.

결국 부상에서 회복되기 전까지는 스스로 아무것도 할 수 없다고 여긴 담사월은 외부와의 접촉을 완전히 끊고 오직 부상 치료와 무공 회복에 전심전력을 쏟았다.

그사이 검후를 통해 하후천의 실종을 빌미로 암흑마교 내부에서 권력투쟁이 벌어졌다는 소식이 들려왔다.

당장에라도 달려가 부화뇌동(附和雷同)하는 위인들을 모조리 쓸어버리고 싶었지만 무공을 회복하지 못한 상황에선 참을 수밖에 없었다.

이제는 얼굴마저 가물가물한 태상장로 장학선이 암흑마교의 권력을 장악했다는 어처구니없는 말을 들었을 때도 참았다.

오히려 장학선이 죽림과 암흑마교가 하나라고 내뱉은 망발에 암흑마교에 드리운 죽림의 거대한 그늘을 감지할 수 있

재회(再會) 273

었다.

복우산부터 시작하여 이해하기 힘든 몇 건의 사안들.

어쩌면 사부가 소림사를 직접 치고 실종을 당하는 일련의 과정에도 죽림의 마수가 개입했을 가능성이 보였다.

무공을 회복하면 가장 먼저 그 일부터 파고들 생각이었다.

그렇게 절치부심 끓어오르는 분노를 참고 있을 때 실종됐던 사부가 끝내 시신으로 발견되었다는 말이 전해졌다.

주변에서 사부의 죽음을 슬퍼해 주는 사람은 아무도 없었다.

슬퍼하기는커녕 사필귀정(事必歸正)이니, 천벌이니 하며 떠들어대는 사람이 대부분이었다.

그런 사람들 속에서 담사월은 애써 담담함을 유지했다.

그리고 그날 밤, 목이 아닌 가슴으로 통곡을 하고 밤새도록 피눈물을 흘리며 복수를 다짐했다.

불성과의 양패구상?

웃기지도 않는 말이었다.

사부는 죽림의 간계에 당한 것이 틀림없었다.

이후 담사월은 침식까지 잊으며 부상 회복에 전력을 기울였고 마침내 잃어버렸던 무공을 회복했다.

바로 오늘 아침의 일이었다.

"더 없소? 보름이 넘도록 제대로 먹지를 못해서……."

담사월이 입가에 묻은 기름기를 쓱쓱 문지르며 말했다.

"대체 얼마를 먹은 것인지 알고나 하는 말이냐?"
은장파파가 어이가 없다는 표정으로 말했다.
"이제 겨우 정신을 차린 사람한테 고작 음식을 가지고 너무 박하십니다그려."
넉살 좋게 받아친 담사월이 그제야 길게 트림을 하고 배를 두드리며 상에서 물러났다.
"그나저나 검후께선 어디에 계시오?"
"그걸 네놈이 알아서 뭘 하려고 그러느냐?"
은장파파의 퉁명스런 대답에도 담사월의 태도엔 변화가 없었다.
"뭘 하려고 하는 것은 아니고……."
그때 방으로 들어온 금장파파가 담사월을 향해 손짓을 했다.
"그렇지 않아도 너를 찾으신다."
"하하, 그런가요?"
"따라오너라."
검후를 비롯하여 각 군소문파의 대표들이 한데 모여 있는 회의실 주변은 사뭇 긴장감이 넘쳐흘렀다.
금장파파의 안내로 회의실로 들어서는 담사월은 자신에게 쏟아지는 무수히 많은 시선을 의식하며 자리에 앉았다.
"어서 오세요."
상석에 앉아 있던 검후가 가볍게 말을 건네오자 담사월이 살짝 웃으며 고개를 숙였다.

"오랜만이오, 검후."

"몸은 좀 괜찮아졌나요? 무공을 회복했다고 들었어요."

"그럭저럭 괜찮소이다. 아직 이곳은 정상이 아니지만 말이지요."

담사월이 가슴을 탁탁 치며 말했다.

자리한 이들이 저마다 불편한 표정을 지었지만 검후가 별다른 말이 없자 침묵을 지켰다.

"이제 어쩌실 생각인가요?"

"돌아가야겠지요."

"암흑마교로 말인가요?"

담사월이 대답없이 미소로써 긍정을 하자 검후의 안색이 살짝 어두워졌다.

"그건 좋은 생각이 아닌 것 같군요."

"무슨 말씀을 하고 싶은 겁니까?"

"암흑마교는 이미 예전의 암흑마교가 아니에요. 명목상 교주의 자리는 비워두었지만 권력은 장학선이란 자가 완벽하게 틀어쥐었어요. 그런 상황에서 암흑마교로 돌아간다는 것이 어떤 의미인지 알고는 있겠지요?"

담사월이 웃음을 터뜨렸다.

"난 암흑마교의 소교주요. 여러분들이 그토록 싫어하는 암흑마교의. 누가 내 발길을 막겠소이까?"

"모두가요. 장학선의 입장에선 가장 먼저 제거하고 싶은 그내일 것이고 그에게 충성을 하고 싶은 자들에겐 더없이 좋은 기회가 될 테니까요."

"훗, 그딴 놈들에게 두려움을 느낄 내가 아니오."

"두려움하고는 별개의 문제지요."

가볍게 한숨을 쉰 검후가 말을 이어갔다.

"이제 곧 떠난다니 처음이자 마지막으로 충고를 하지요. 나라면 암흑마교가 아닌 경덕진으로 가겠어요."

"경덕진? 경덕진이라면……."

"과거 사도천의 총단이 있던 곳이지요. 암흑마교에서 총단으로 삼으려다 실패한 곳이기도 하고요."

"한데 그곳엔……."

"경덕진엔 도존이 있어요."

"도존? 갈천수 어르신이 말이오?"

"그래요. 장학선과 죽림의 대척점에 선 대다수의 인물이 목숨을 잃은 지금 그만이 유일하게 반기를 들고 있어요. 물론 그를 따르는 이들 또한 꽤 된다고 들었어요."

"……."

"내가 조사하고 해줄 수 있는 말은 여기까지예요."

검후의 말이 끝났다.

가만히 생각에 잠겨 있던 담사월이 벌떡 일어나 검후를 비롯하여 자리하고 있는 이들에게 포권을 했다.

재회(再會) 277

"과거는 쉽게 지워지지 않을 것이고 미래는 불확실한 것. 이후에 어떤 모습으로 다시 만나게 될지는 모르겠지만 오늘의 후의는 결코 잊지 않을 것이오."

담사월의 말에 한 중년인이 벌떡 일어나 소리쳤다.

"그대에게 후의 따위를 보인 적은 없소."

"그동안 내 목숨을 취하지 않은 것. 그것만으로도 충분한 후의요."

"흥, 암흑마교는 어떤지 몰라도 우리는 반항도 할 수 없는 자의 목을 취할 만큼 비겁하진 않소."

중년인의 당당한 태도에 담사월의 입가에 절로 미소가 지어졌다.

"그 말 또한 기억하겠소."

그 역시 당당한 태도를 견지하며 검후를 향해 몸을 돌렸다.

잠시 동안 그녀의 무심한 얼굴을 바라보던 담사월.

문득 호화단주 시절의 자신이 떠올라 피식 웃음을 터뜨리고 말았다.

"이만 가겠소. 다시 만날 때까지 보중하시구려. 그리고……."

담사월이 말끝을 흐렸기에 다른 이들은 뒷말을 제대로 듣지 못했지만 검후만큼은 정확하게 들을 수 있었다.

다음엔 꼭 웃는 얼굴을 보여주면 좋겠소.

검후의 눈끼풀이 살짝 떨렸다. 물론 아무도 본 사람은 없었다.

                    *   *   *

"꼭 가야 합니까?"
장영이 물었다.
"당연히 참석해야 한다."
예당겸의 단호한 말에 장영이 살짝 인상을 찌푸렸다.
"불성이 대단한 인물이기는 하지만 우리와는 별로 상관도 없는 사람입니다. 초대도 받지 않았는데 괜히 갔다가 면박만 당하고 오는 것 아닌지 모르겠습니다. 그쪽에서도 우리를 달가워하지도 않을 것이고요."
"면박을 받더라도 가야 한다."
"예?"
장영이 예당겸의 말뜻을 이해하지 못한 듯하자 산정호가 너털웃음을 지었다.
"네가 대장로님 말씀을 제대로 이해하지 못했구나. 대장로님은 지금 네게 불성의 장례식에 참석하라고 하시는 것이 아니라 장례식이 끝난 후에 있을 군웅대회에 참석하라는 것이다."

"군웅대회라니요? 그런 말은 없었습니다."

장영이 여전히 이해를 하지 못하자 산정호가 가볍게 한숨을 내쉬었다.

"쯧쯧, 다 좋은데 너는 아직 그쪽으론 확실히 서툴구나. 네 말대로 군웅대회가 열린다는 말은 없다. 어차피 떠들썩하게 벌어질 것도 아니고. 하지만 현재 돌아가는 무림의 상황을 감안하면 군웅대회는 반드시 열리게 되어 있어. 소림사에서 불성의 장례식을 근 한 달이나 늦춘 이유가 어디에 있다고 보느냐? 바로 군웅대회를 염두에 두고 있기 때문이야."

"군웅대회라고 해도 어차피 저희와는 상관이 없는 것 아닙니까? 어차피 참가하는 자들 또한 스스로를 정파라 자부하는 자들일 테니까요."

"아니. 이번엔 조금 다를 것 같구나."

예당겸이 강하게 고개를 저었다.

"현재 무림은 암흑마교와 죽림이라는 강력한 두 세력의 위협을 받고 있다. 모습을 드러낸 지 얼마 되지 않아 장강 이남을 석권한 암흑마교만으로도 버거울 정도인데 그 이상의 힘을 지녔다고 여겨지는 죽림은 그야말로 공포가 아닐 수 없다. 대정련이나 소위 말하는 정파의 힘만으로 그들을 상대할 수는 없어."

"하오면……."

"그래. 저들은 수라검문이나 우리에게 반드시 손을 내밀 수밖에 없다. 아니, 비단 우리들뿐만 아니더라도 암흑마교에 대항할 수 있는 힘을 지녔다면 그들이 누구든 상관하지 않고 손을 내밀 것이야."

"아무리 그렇다고 하더라도 명색이 대정련이고 정파인데……."

장영이 다소 부정적인 표정을 짓자 산정호가 의미심장한 미소를 지었다.

"아니. 그들에겐 충분히 명분이 있어."

"명분이 있다고요? 그게 뭡니까?"

"세외."

"예?"

"죽림에서 세외를 굴복시켰다는 소문이 있지 않았느냐? 그것이 이번에 확인된 모양이다. 놈들이 세외 세력을 중원에 끌어들인 이상 대정련이나 정파라 말하는 자들이 스스로를 옭아맨 모든 제약이 사라진 셈이지."

"흠, 한마디로 불성의 장례식은 암흑마교와 죽림에 대항하는 자들을 한데 불러 모으고 세를 키우기 위해 마련된 무대란 말이군요."

장영의 말에 예당겸이 만족한 듯 웃으며 고개를 끄덕였다.

"이제야 제대로 이해를 했구나. 모르긴 몰라도 수라검문 역시 소림으로 갈 것이다. 그들 역시 단독으로 암흑마교를 상대할 수 없다는 것은 너무도 잘 알고 있을 터."

"어째서 네가 소림에 가야 하는지 이제는 이해를 하겠지?"
산정호가 예당겸을 대신해 물었다.
"예, 확실히 이해했습니다. 한데 저 혼자 갑니까? 아니면……."
장영이 산정호와 예당겸을 번갈아 바라보았다.
말은 회합 운운하며 포장을 했지만 사도천이 과거의 사도천이 아닌 이상 상당한 푸대접을 각오해야 했다. 평생을 싸워 온 대정련에 결코 아쉬운 소리를 하고 싶지 않았던 산정호가 얼른 발을 빼며 말했다.
"아무래도 경험이나 연륜을 보면 대장로님께서 가셔야겠지. 그렇지 않습니까?"
미처 입을 열 틈을 놓친 예당겸이 너털웃음을 흘렸다.
"허허, 꼭 그런 것은 아니지만 문주께서 그리 말씀하시니 어쩔 수 없겠지요. 알겠습니다. 제가 다녀오지요."
"이거 꼭 제가 등을 떠미는 것 같습니다."
"아닙니까? 허허허허!"
산정호와 예당겸은 서로를 바라보며 파안대소(破顔大笑)를 했다.

* * *

무림인이라면, 아니, 꼭 무림인이 아니더라도 불성의 마지막 모습을 보고 싶어한 엄청난 인파가 숭산으로 몰려들었다.
 소림혈사 이후, 부랴부랴 소림사로 돌아온 공진 대사가 외부에 공표한 불성의 장례식이 코앞으로 다가왔기 때문이었다.
 하지만 암흑마교의 기습으로 상당한 전각의 소실이 있었던 소림사는 그 많은 인원을 감당할 수가 없었다.
 숭산에 흩어진 무수히 많은 사찰과 작은 암자, 심지어 숭양서원과 중악묘에서까지 지원을 아끼지 않았지만 손님들을 수용하기엔 어림도 없었다. 할 수 없이 숭산 곳곳에 임시 막사가 세워졌고 그 수는 하루가 다르게 기하급수적으로 늘어나고 있었다.
 "후~ 많기도 많다."
 풍인은 끊임없이 이어진 사람들의 행렬을 보며 혀를 내둘렀다.
 "불성이라는 이름이 대단하다는 것은 알고 있었지만 이 정도로 유명할 줄은 생각도 못했습니다. 이러다가 소림사 문턱에도 가보지 못하는 건 아닌지 모르겠습니다."
 "쓸데없는 소리. 이 녀석도 나름 명성이 대단해. 맨발까지는 아니지만 꽤나 환영을 받을걸."
 곽월이 지난 한 달간의 수색에도 불구하고 무명신군의 흔적도 찾지 못해 어깨가 축 처진 도극성의 옆구리를 쿡 찌르며 말했다.

"어르신은 무사하실 거야. 그러니까 너무 걱정하지 마라. 비록 만나뵙지는 못했지만 그분께서 살아 계시다는 것을 확인한 것만 해도 어디냐?"

"그래."

도극성이 애써 미소를 지으며 고개를 끄덕였다.

대략 한 달 전, 무명신군이 살아 있다는 소식을 듣고 동정호에서 무명신군과 죽림의 고수들이 혈전을 벌이고 있다는 황하 유역까지 무려 이천여 리를 오 일 만에 주파한 도극성은 곽월과 그의 수하들의 도움을 얻어 무명신군을 찾기 시작했다.

곳곳에 남은 싸움의 흔적 속에서 은현선문의 독문무공을 확인한 도극성은 무명신군의 생존을 확신했다. 하나, 그 어디에도 무명신군의 모습은 보이지 않았다.

무명신군을 돕고자 뒤늦게 도착한 대정련의 무인들과 개방의 제자들이 수색에 힘을 보탰지만 무명신군의 행방은 여전히 오리무중이었다.

결국 불성의 장례식이 가까워오고 한 달여의 수색에도 아무런 성과를 얻지 못한 도극성은 무명신군이 불성의 장례식에 참여할지도 모른다는 막연한 희망을 가지고 숭산으로 왔다.

그러나 그 희망 역시 한낱 바람으로 끝날 가능성이 다분했기에 소림사로 향하는 도극성의 안색은 어둡기만 했다.

그렇게 무거운 발걸음으로 산을 오르기를 얼마간, 저 멀리 소림사의 모습이 시야에 들어왔을 때 곽월이 문득 걸음을 멈췄다.
"우리는 그만 갈란다."
"왜?"
"아무래도 그렇잖아. 초혼살루라면 이를 가는 사람들도 많고… 괜히 우리 때문에 네 입장만 곤란해진다."
"상관없어."
"아니. 너는 상관이 없을지 몰라도 내 마음이 편치 않아. 우린 그냥 여기서 편히 쉬고 있는 게 좋겠다."
곽월의 말도 일리가 있었다.
"그럼 편한 대로 해. 어차피 나도 오래 머물 생각은 없으니까. 금방 다녀올게."
"굳이 서두를 필요는 없다. 우리 걱정은 하지 말고 여유있게 다녀와. 우린 우리대로 어르신의 행방을 아는 자가 있는지 찾아보고 있을 테니까."
"고맙다."
"쓸데없는 소리는 말고."
도극성의 어깨를 가볍게 친 곽월이 수하들을 이끌고 산 중턱으로 넘어갔다.
그들의 모습이 완전히 사라질 때까지 우두커니 서 있던 도극성이 소림으로 다시 발걸음을 움직일 때였다. 산 밑에서 반가운 이들이 모습을 보였다.

"허! 이게 누구야?"

소벽하와 함께 수라검문을 대표하여 숭산을 오르던 강호포가 도극성을 발견하고 아는 체를 했다.

"오랜만입니다, 어르신. 소 소저도 오랜만입니다. 그간 잘 지내셨습니까?"

"도… 공자님."

소벽하의 눈망울이 마구 떨렸다.

"쯧쯧, 누가 보면 집 나간 서방을 만난 줄 알겠다."

강호포의 핀잔에 소벽하의 얼굴이 살짝 붉어졌다.

"쓸데없는 말씀 마세요."

소벽하가 매섭게 노려봤지만 그쪽으론 아예 눈길도 주지 않은 강호포가 도극성을 향해 역성을 냈다.

"일전에도 그러더니만 어째서 네 녀석은 툭하면 죽었다는 소문이 들리는 것이냐?"

"일이 그렇게 됐습니다."

도극성이 멋쩍은 웃음을 흘렸다.

"그것이 사실이 아니라는 것을 금방 알았으니 망정이지 하마터면 이 녀석 가슴에 큰 상처가 남을 뻔했잖느냐?"

"예? 그게 무슨……."

"흥, 모르는 것이냐? 아니면 알면서 모른 체하는 것이냐?"

"할아버지!"

소벽하가 강호포의 입을 틀어막으며 소리를 빽 질렀다.

"내가 틀린 말을 했느냐? 이 녀석이 죽었다는 소리를 듣고 사흘 동안 식음을 전폐한 것이 누군데."

강호포가 눈을 부라리자 그렇잖아도 붉게 변했던 소벽하의 얼굴이 불에 덴 것처럼 빨갛게 변했다.

"하하, 저 때문에 많이 놀라셨군요."
"예? 예. 그게……."
"죄송합니다."
"아, 아니요. 무사하셔서 정말 다행이에요."

수줍게 말하는 소벽하.

그 어디에서도 수라검문의 여걸 묵령도후의 모습은 찾아볼 수가 없었다.

"끌끌끌, 내 너희들이 노는 모습을 좀 더 보고 싶다만 여기서 노닥거릴 시간이 없구나. 자칫하면 늦겠어. 어서 가자꾸나."

강호포의 재촉에 도극성과 소벽하는 어깨를 나란히 하고 발걸음을 움직였다.

"아참, 내 무명신군께서 살아 계신다는 말을 들었다."

고개를 돌려 묻는 강호포의 말에 도극성의 얼굴에 그늘이 졌다.

"정확하게 어찌 된 것이냐?"
"죽림과 싸움을 벌이신 것은 틀림없는 것 같은데 이후의 행방은 저도 잘 모르겠습니다. 아무리 찾아봐도……."

도극성이 말끝을 흐렸다.
"허! 어쨌거나 살아 계신다는 말이로구나. 나 원. 거짓으로 죽는 것도 내력이더냐? 네놈도 그렇고 그 양반도 그렇고."
"저는 정말로 돌아가신 줄 알았습니다."
"됐다. 자세한 얘기는 나중에 하자. 이러다 정말 늦겠다."
말을 자른 강호포가 발걸음을 바삐 움직이고 살짝 한숨을 쉰 도극성이 그 뒤를 따랐다.
그의 곁에 안쓰러운 표정으로 눈치를 살피는 소벽하가 있었다.

*   *   *

"오늘이던가?"
"예, 오늘입니다."
"사람이 많이 모였다고 들었다."
"그렇습니다. 불성을 존경하는 무림인들은 물론이고 남녀노소를 가리지 않고 수많은 백성들이 모였다고 합니다."
"부러운 사람이야."
호연백이 쓴웃음을 지으며 말했다.
"림주께서 돌아가시면 천하의 모든 이들이 모여들 것입니다."
제갈현음의 말에 호연백이 너털웃음을 흘렸다.

"어째 일찍 죽으라는 말 같구나."

"그럴 리가 있겠습니까? 장차 림주님의 위상이 하늘을 찌를 것이라 말씀드리는 겁니다."

"듣기 싫은 소리는 아니구나."

가볍게 웃은 호연백이 조금은 진지한 표정으로 입을 열었다.

"다비식이 끝나면 저들의 반격이 본격적으로 시작될 것이다. 비록 노출은 되었지만 우리를 찾기란 쉽지 않을 것이니 목표는 암흑마교가 될 것이다."

"예."

"비록 암흑마교가 폭풍 같은 기세로 장강 이남을 석권했으나 지금부터는 상황이 조금 달라. 대정련을 중심으로 수라검문, 사도천까지도 연합을 한다는 말이 있더구나. 그들이 손을 잡는다는 것은 무림의 거의 모든 문파가 한데 힘을 합친다는 뜻이야."

"예. 그렇잖아도 그 일로 신산과 긴밀하게 연락을 주고받고 있습니다."

"암흑마교의 잔당들은 어찌 되었다고 하더냐? 아직도 처리를 못한 것이냐?"

"그것이……."

제갈현음이 말끝을 흐리자 호연백의 미간이 가운데로 모아졌다.

"내부 단속도 제대로 하지 못하고 어찌 적을 상대할까? 놈들의 공세가 본격적으로 시작되기 전에 최대한 빨리 정리를 하라고 해. 여차하면 이쪽에서도 지원을 하도록 하고."

"알겠습니다."

"세외로 간 아이들에게선 연락이 왔느냐?"

"예, 대막의 사자철궁은 이미 완벽하게 장악을 한 상태이고 북해빙궁 역시 보름 이내에 모든 정리가 끝날 것이라 하였습니다."

"사자철궁은 그렇다 쳐도 북해빙궁은 생각보다 오래 걸렸구나."

"예, 아무래도 기후가 기후인지라 고생을 조금 한 듯합니다. 하지만 한번 꺾이면 절대충성을 맹세하는 저들의 기질상 이제 곧 그 어떤 힘보다 강력한 우군을 얻게 될 것입니다."

"암흑마교가 무너지기 전, 중원에 입성을 해야 할 터인데."

"그 또한 준비 중입니다."

"대정련에서 세외에 촉각을 곤두세우고 있을 텐데 가능하겠느냐?"

"대막을 정리하기 위해 움직인 감천우(甘穿宇) 수좌(首座) 이하 팔백의 고수들은 이미 회군을 시작했습니다."

"천우가?"

호연백이 반색을 하며 되물었다.

무적팔위 중 당당히 첫 번째 서열을 차지하고 있는 감천우는 호연백이 가장 심혈을 기울여 키운 인물로 그 무공이 다른 팔위보다 두어 수는 위에 있다고 평가받는 인물이었다. 게다가 그의 직계 수하들 또한 엄청난 무력을 지니고 있어 사실상 죽림의 최정예라고 해도 과언이 아니었다.

"천우가 돌아오는 것을 알고 있다면 봉명(鳳鳴)이 애 좀 끓이겠구나."

호연백의 말에 제갈현음의 입가에 미소가 흘렀다.

북해빙궁의 정벌을 책임진 봉명은 무적팔위 중 서열 이위로 비록 감천우에 비해 무공은 다소 약할지 모르나 심계나 수하들을 이끄는 능력에서만큼은 결코 밀리지 않는 실력자로 감천우를 은연중에 경쟁 상대로 여기고 있었다.

"자극을 받으라고 일부러 언질을 주었습니다."

"쯧쯧, 그러다가 무리라도 하면 어쩌려고."

살짝 질책을 하였으나 봉명의 성정상 결코 무리한 작전이나 모험을 감행하지 않는다는 것을 알기에 호연백의 안색엔 웃음이 묻어 있었다.

"어쨌거나 이제 시작이구나. 나의 오랜 여망을 실현할 시기가 다가오고 있어."

"반드시 그리될 것입니다."

가만히 고개를 숙여 대답하는 제갈현음의 음성은 자신감으로 가득 차 있었다.

     *   *   *

 사람이 많은 곳엔 자연적으로 말썽이 생기는 법.
 하지만 다른 곳도 아니고 소림사의 산문에서, 더구나 소림사는 물론이고 숭산, 나아가 무림 전체가 슬픔에 잠긴 날에 말도 안 되는 이유로 강짜를 부리는 인물이 있을 줄은 그 누구도 생각하지 못했다.
 소란의 주인공은 다름 아닌 장영이었다.
 "그러니까 왜 안 되냐고 묻지 않소."
 장영이 목소리를 드높였다.
 "시주의 발걸음을 막고자 함이 아닙니다. 하지만 저들은 안 됩니다."
 소림사 산문에서 추모객을 접대하고 있던 무소(無疎)의 급한 전갈을 받고 산문으로 달려온 지객원주 공망(空忘)이 난감한 표정으로, 그러나 단호한 어조로 말했다.
 "삼혼은 나의 호위무사요. 호위무사를 대동하지 못하게 하는 이유를 도무지 알지 못하겠소. 이는 나를 무시하는 처사. 비록 몰락은 했다지만 나는 사도천의 천주요."
 장영이 이미 사도천의 천주라는 것은 곁에 있는 예당겸을 통해 알고 있었지만 장영이 직접 이를 거론하며 노골적으로 불만을 터뜨리자 공망으로서도 난감하지 않을 수 없었다. 더구나 산문에서 벌어진 소란에 구름같이 몰려든 이들도 소림의 처사가 다소 과하다고 여기는 표정이었다.
 "아미타불! 소승이 어찌 사도천의 천주를 무시하겠습니까? 다만 때가 때이니만큼 저들을 받아들이기 힘들다고 말씀드리는 것입니다."
 "저들이 어떻다고 그러는 것이오?"
 장영이 콧방귀를 뀌며 비웃음을 흘리자 공망의 안색도 미미하나마 변화가 있었다.
 "평소라면 모를까 태사숙조님의 극락왕생을 기원하는 자리에 영혼을 잃은 자들을 들일 수는 없습니다."
 영혼을 잃은 자들이라면 곧 실혼인이라는 말. 사람들은 장영이 대동하고 온 삼혼을 보며 수군거리기 시작했다.
 "그것이야말로 억지가 아니오? 삼혼이 영혼이 없다고 하여 부처를 모시는 곳에 발도 못 붙이게 하다니. 불제자로서 할 말은 아니라고 봅니다만."
 "영아, 그만 하거라."
 예당겸이 고집을 부리는 장영을 달래려 하였지만 자신의 발걸음이 제지당하는 순간부터 무시를 당했다고 생각하고 있던 장영은 조금도 물러설 생각이 없었다. 심지어 비키지 않으면 당장에라도 무력을 쓰겠다는 듯 매서운 살기를 내뿜기 시작했다.
 그야말로 일촉즉발의 상황.
 바로 그때, 주변의 소란을 잠재우는 나직한 음성이 있었다.

"비켜라."

장영의 고개가 홱 돌아갔다.

그렇잖아도 폭발할 것 같았던 장영의 눈에 뒷짐을 진 채 다소 귀찮다는 표정으로 서 있는 노인이 들어왔다.

"늙은이, 지금 나한테 한 말이냐?"

제아무리 화가 나도 소림과 문제를 일으키는 것은 그래도 부담스러웠던 터. 마침 잘 걸렸다고 생각한 장영이 한껏 기세를 높이며 소리쳤다.

"늙은… 이? 버르장머리하고는."

"버, 버르장? 지금 나한테 한 말이냐, 늙은이?"

장영이 폭풍 같은 기세를 뿜어내며 되물었다. 순간, 노인의 눈매가 살짝 가늘어졌다.

"땡중이 그래도 마지막 길을 간다고 하여 참으려 했건만."

노인의 입가에 오만하면서도 차가운 미소가 살짝 걸렸다.

아는 사람은 안다.

노인의 입가에 그런 미소가 걸렸을 때 어떤 일이 벌어지는지.

노인을 따라 소림에 오르던 옥청풍도 알고 있고, 노인이 모습을 나타냈을 때부터 두 눈을 부릅뜬 예당겸도 알고 있었다.

"아, 안 돼!"

예당겸이 놀라 부르짖었지만 이미 늦고 말았다.

노인, 무명신군의 손이 장영을 향해 움직였다.

"헉!"

장영의 입에서 다급한 신음이 터져 나왔다.

언제 출수를 한지 느낄 틈도 없이 접근해 오는 손을 보며 그는 아무런 생각을 할 수가 없었다.

황급히 몸을 틀며 공격을 피하는 장영.

하지만 상대의 손바닥은 자신이 움직일 방향을 미리 알기라도 하듯 아무리 몸을 틀고 방향을 바꾸며 피해도 한 치도 떨어지지 않았다.

천하에 누가 있어 사황의 무공을 익힌 자신을 이토록 압박할 수 있단 말인가!

장영은 이를 악물며 필사적으로 팔을 뻗었다.

순간, 주변을 단숨에 얼려 버릴 것만 같은 한기가 피어오르고 장영의 손과 부딪친 무명신군의 손에 서리가 내렸다.

"현음한빙공? 사황의 무공이 아니더냐?"

무명신군이 손을 타고 올라오는 한기에 다소 놀라는 표정을 지었다. 그러나 무려 아홉 걸음이나 밀려나 겨우 중심을 바로잡은 장영에 비할 바는 아니었다.

부러진 듯 고통이 밀려드는 손, 단 한 번의 충돌이었지만 내부를 뒤흔드는 충격에 두 눈을 찢어질 듯 치켜뜬 장영은 할 말을 잃고 있었다.

주인의 위기를 느낀 것인지 어느새 삼혼이 무명신군의 앞을 막아섰다.

"이놈들은······."

삼혼을 가만히 살피던 무명신군이 얼굴을 찌푸렸다.

"사령혈강시(邪靈血殭屍)라니. 사황이 참으로 쓸데없는 괴물을 만들었구나."

자신의 앞을 가로막은 괴인들이 인세에 존재해서는 안 되는 마물임을 알아본 무명신군의 기운이 갑자기 매서워지기 시작했다.

방금 전, 장영을 압박할 때와는 비교도 되지 않을 정도로 무시무시한 기운이 사방으로 뿜어져 나가고 그 기세에 압도당한 이들은 제대로 숨조차 쉬지 못했다. 심지어 영혼이 없는 사령혈강시마저도 주춤거리게 만들 정도였다.

"칼을."

무명신군이 손을 내밀자마자 옥청풍이 그의 손에 주작도를 건네주었다.

쿠우우우우.

대기를 뒤흔드는 우레 소리와 함께 주작도에서 하늘 높이 솟구치는 강기가 있었다.

"도, 도강이다!"

"세상에!"

사람들은 칼 위로 일 장 높이까지 솟구친 도강에 경악을 금치 못하며 저마다 탄성을 내질렀다.

"머, 멈춰랏!"

장영의 입에서 안타까운 외침이 터져 나왔다.

삼혼이 도검불침에다 사황진경에 수록된 신공절예를 익혔다고 해도 저토록 무지막지한 도강을 감당하리란 생각은 전혀 들지 않았다.

장영의 예측은 그대로 현실이 되어 나타났다.

번쩍!

무명신군의 칼이 움직이고 하늘 높이 솟구쳤던 도강이 삼혼을 향해 내리꽂혔다.

꽝! 꽈꽈꽈꽝!!

숭산을 통째로 날려 버릴 듯한 폭음이 천지를 뒤흔들고 동시에 강기의 폭풍에 휩쓸린 삼혼이 무참히 나가떨어졌다.

그 정도로 사령혈강시를 파괴할 수 없음을 알고 있던 무명신군이 재차 공세를 취할 즈음 칼을 움켜쥔 장영이 무명신군 앞에 섰다.

'죽을 수도 있다.'

사황의 무공을 대성하고 최초로 느끼는 공포감이었다.

그만큼 무명신군의 신위는 압도적이었다.

장영이 칼을 움직였다.

두 눈에서 뿜어져 나오는 혈기가 더욱 짙어지고 그럴수록 그의 전신에서, 칼에서 일렁이는 기운 또한 강력해졌다.

무명신군을 상대할 수 있다고 여긴 오직 하나의 무공.

사령단섬폭이 무명신군을 향해 폭사되었다.

재회(再會) 297

무명신군 역시 붕천삼식으로 일으킨 도강으로 대응을 했다.

　사황의 최고 절초 사령단섬폭과 붕천삼식이 허공에서 격돌하며 만들어낸 충격파는 상상을 초월했다.

　꽈꽈꽈꽝!

　엄청난 충격파가 반경 십여 장을 완벽하게 가루로 만들어 버렸다.

　암흑마교의 공격에도 굳건히 버텨낸 산문이 흔적도 없이 사라지고 산문과 함께 소림의 역사를 지켜보던 아름드리 수목들이 뿌리째 뽑혀 나갔다.

　눈앞에서 벌어지는 엄청난 광경에 그 누구도 입을 열지 못했다. 그저 난데없이 들이닥친 화가 자신들에게까지 미치지 않도록 빌고 또 빌 뿐이었다.

　충돌의 여파가 가라앉기도 전, 고통에 찬 신음을 내뱉으며 비틀거리는 사람이 있었다.

　장영이었다.

　겨우 중심을 바로잡은 장영은 부러진 칼을 움켜쥐고 망연자실한 얼굴로 무명신군을 응시했다.

　무명신군은 오연한 자세로 장영을 바라보다 옷에 묻은 먼지를 가볍게 털어냈다.

　"아마도 사령단섬폭이었지?"

　장영이 자신도 모르는 사이에 고개를 끄덕였다.

"제법 그럴듯했다."

사황의 무공을 제법이라 표현할 수 있는 사람.

오직 무명신군뿐이었다.

"웩!"

그 말에 자존심이 상한 것인지 아니면 방금 전의 충돌로 큰 부상을 당한 것인지 갑자기 허리를 꺾은 장영이 한 사발이 넘는 피를 토해냈다.

미처 말릴 사이도 없이 벌어진 싸움에 어찌할 바를 몰라 하던 예당겸이 장영의 피를 보고 헐레벌떡 달려나와 무명신군 앞에 무릎을 꿇고 머리를 조아렸다.

"신군, 부디 용서를!"

"……."

무명신군이 예당겸을 무심한 시선으로 바라보았다.

"용서를!"

예당겸이 감히 고개를 들 생각도 못하고 재차 머리를 조아렸다.

무명신군이 가볍게 손짓을 하자 예당겸의 무릎이 절로 펴졌다.

"사도천이 무너지고 사마휘가 목숨을 잃었다는 말을 들었는데 용케도 살아 있었군. 어쨌거나 오랜만이야."

"……."

"저 녀석이 사도천의 후예이더냐?"

"그, 그렇습니다."

무명신군이 텅 빈 눈으로 그와 예당겸을 바라보는 장영에게 잠시 시선을 두었다.

"실력은 갖추었으나 아직 제대로 여물지 않았으니 네가 고생이 많겠다."

"부디 용서를……."

"노부 역시 오늘 같은 날 굳이 피를 볼 생각은 없다. 이만하면 그래도 교훈은 되었겠지."

무명신군이 손에 든 주작도를 휙 던졌다.

허공에 둥실 뜬 주작도가 옥청풍의 손으로 부드럽게 날아갔다.

"땡… 불성은 어디에 있느냐?"

무명신군이 공망에게 물었다.

"이제 막 다, 다비식을 거행하려던 참이었습니다."

"안내해라."

"예."

공망이 최대한 공손히 허리를 숙였다.

공망이 종종걸음으로 앞장을 서고 뒷짐을 진 무명신군과 조그만 보자기를 든 옥청풍이 그 뒤를 따랐다.

무명신군이 사라지기가 무섭게 장영에게 달려간 예당겸이 그를 부축하며 물었다.

"괜찮으냐?"

"예, 한데 대체 저 노인은 누굽니까?"

힘겹게 고개를 끄덕인 장영이 입에 묻은 피를 쓱쓱 문지르며 물었다.

"누구긴 누구겠느냐?"

입을 열던 예당겸이 길게 한숨을 내쉬었다.

"무명신군이지."

"……."

그 한마디에 장영은 석고상이라도 된 듯 한참 동안이나 움직일 줄을 몰랐다.

산문에서 그토록 큰 소란이 있었음에도 다비식은 순조롭게 거행되어 시신에 불을 붙인 후, 죽은 이의 영혼을 저세상으로 보내는 봉송의식(奉送儀式)이 시작되고 있었다.

활활 타오르는 불길.

불은 아무런 상념도 없이 이 세상에 남겨진 불성의 자취를 가만히 지우고 있었다.

그것이 못내 아쉬운 수백, 수천의 사람들이 한마음 한뜻이 되어 불성의 극락왕생을 빌었다.

바로 그때, 저 멀리서부터 웅성거림이 있었다.

그 어느 때보다 경건해야 할 다비식장에서 소란이 일자 저마다 눈살을 찌푸리며 소란의 이유를 찾고자 했다.

파도처럼 갈라지는 인파.

조금이라도 더 가까이에서 불성의 마지막을 보고자 아우성쳤던 인의 물결 중심에 하나의 길이 만들어졌다.

그 길을 한 사람이 걸어오고 있었다.

느리기만 한 걸음걸이.

하나, 보보에 실린 힘은 천하를 압도할 정도였고 전신에서 흘러나오는 기운은 그야말로 태산과 같았다.

너무도 익숙한 기운.

가장 먼저 무명신군을 발견한 도극성이 입술을 꽉 깨물었다.

'할아… 버지.'

부릅뜬 눈, 환희에 찬 눈에 눈물이 고였다.

곁을 지키던 소벽하가 가만히 그의 손을 잡았다.

도성의 입에서 나직한 도호가 흘러나왔다.

비로소 무명신군의 존재를 확인한 뭇 무림인들이 일제히 허리를 꺾었다.

누가 시켜서 그런 것도 아니었다.

그저 자연스럽게 그리된 것이었다.

어떤 이들은 온몸을 부르르 떨었다.

무명신군의 발걸음이 활활 타오르는 불길 앞에 멈춰 섰다.

몇몇 소림승들이 당황하는 모습을 보이자 공진 대사가 고개를 가만히 흔들어 안정시켰다.

그토록 많은 사람들이 모였음에도 숨소리 하나 들려오지

않았다.
 수천의 눈동자가 오직 무명신군에게 쏠려 있었다.
 잠시 동안 불길을 바라보던 무명신군이 손을 뻗었다.
 뒤따른 옥청풍이 공손히 보자기를 풀더니 연꽃 무늬가 아름답게 그려진 술병 하나를 건넸다.
 술병을 건네받은 무명신군이 불길 위로 병을 기울였다.
 불길을 접한 술은 순식간에 기화되어 사라지고 불길 역시 취한 듯 흔들거렸다.
 무명신군의 입가에 미소가 지어졌다.
 마치 누군가와 대화라도 하는 듯 한참을 그렇게 미소 짓던 무명신군이 조용히 말했다.
 "잘 가게."
 짧은 한마디와 함께 술병을 불길에 던진 무명신군이 미련 없이 몸을 돌렸다.
 순간, 장엄한 불호성이 천지를 뒤덮었다.
 "아미타불!!"
 불성은 그렇게 무림의 역사 속에 영원히 잠들었다.

『운룡쟁천』 8권에 계속…

FANTASTIC ORIENTAL HEROES

무한 상상·공상 세계, 청어람 신무협&판타지

『한백무림서』 11가지 중 『무당마검』, 『화산질풍검』을
잇는 세 번째 이야기 『천잠비룡포』의 등장!!

천상천하 유아독존!!
새로운 무림 최강 전설의 탄생!!

『천잠비룡포』
(天蠶飛龍袍)

천잠비룡포(天蠶飛龍袍) / 한백림 지음

천잠비룡황, 달리 비룡제라 불리는 남자.

그는 누군가의 명령을 받고 움직이는 남자가 아니다.
그는 자신의 적을 앞에 두고 물러나는 남자가 아니다.
그는 자신의 이름 안에 있는 자들의 원한을 결코 잊는 남자가 아니다.

그 누구보다도 결정적이고 파괴력있는 면모를 지닌 남자.
황(皇)이며, 제(帝). 그것은 아무나 지닐 수 있는 칭호가 아니다.
그는 제천의 이름으로도 제어할 수가 없는 남자였다.

무적의 갑주를 몸에 두르고
가로막은 자에게 광극의 진가를 보여준다.

- 유행이 아닌 자유추구 -
WWW.chungeoram.com

천마검섭전

임준후 新무협 판타지 소설

철혈무정로 1부

天魔劍葉傳

인세에 지옥이 구천되고 마의 군주가 천신하면,
그 누구도 그를 막지 못하리라!
이는 태초 이전에 맺어진 혼돈의 맹약, 육신에 머문 자나
육신을 벗은 자나 누구도 피할 수 없는 구속의 약속일거니……

주검과 피, 그리고 살기가 강물처럼 흐르는 전장에서
본연의 힘을 되찾게 되는 신마기!
신마기의 주인은 전장을 거칠 때마다 마기와 마성이 점점 더 강해져
종국에는 그 자체로 마(魔)가 된다…….

제어되지 않는 신마기…
이는 곧 혼돈의 저주, 겁화의 재앙이다!

유행이 아닌 자유추구 -
WWW.chungeoram.com
Book Publishing CHUNGEORAM

天山魔帝

천산마제

일류 新무협 판타지 소설

내일을 기약할 수 없는 땅, 천산.
소녀로부터 은자 한 닢의 빚을 진 소년 용약
청년이 된 용약은 천산의 하늘이 된다.

하늘을 가르고 땅을 뒤엎는다!
한 호흡에 만 개의 벽(壁)!!!
지금껏 내게 이빨을 드러낸 것들은 모두 죽었다.

은자 한 닢의 빚을 갚으며 시작된
십천좌들과의 승부.
오너라! 천산의 제왕, 천산마제가 여기 있다!

- 유행이 아닌 자유추구 -
WWW.chungeoram.com
Book Publishing CHUNGEORAM

WWW.chungeoram.com
Book Publishing CHUNGEORAM

長虹貫日
장홍관일

월인 新무협 판타지 소설

세상은 언제나 정의가 승리하고,
그래서 사필귀정(事必歸正)이라고?

개소리!

세상은 나쁜 놈들이 지배하지.
그러나 그놈들은 아주 교활해서 절대로 나쁜 놈처럼 안 보이지.
현재 무림을 지배하고 있는 백도의 어떤 인간들처럼……

암제혈로

설경구
新무협 판타지 소설

─떠나세요, 가능한 한 멀리.
─하나만 기억하세요. 일단 살아남아야 후일을 도모할 수 있습니다.
─떠나.

오랫동안 연락이 두절되었던 이들이 약속이라도 한 듯 찾아와
꺼낸 이야기들과 함께 시작되는 집요한 추적.
그리고 거대한 음모에 휘말려 억울한 누명을 쓴 채로
오직 살아남기 위해 필사적으로 도주하는 한 사내, 진가흔.

"왜 하필 나입니까?"
"자네가 가장 적당하기 때문이지."
"아시겠지만 그를 죽인 것은 제가 아닙니다."
"물론 알고 있네. 그런데 말일세… 그래도 그를 죽인 것이 자네라는
사실은 변하지 않네."

누구를 믿어야 할까.
적아도 명확하지 않은 상황에서 이유조차 모른 채 도주하던
한 사내의 역습이 시작된다.

 유행이 아닌 자유추구 -
WWW.chungeoram.com
Book Publishing CHUNGEORAM